夜の子守唄

夜月桔梗

CHARADE
BUNKO
二見シャレード文庫

目次

CONTENTS

イラスト――安曇もか

夜の子守唄

プロローグ

忘れたことはなかった。復讐《ふくしゅう》を成し遂げた日のことを。

首つり自殺に見せかけて両親を殺害し、横領の罪をすべて背負わせた者。自分たちの運命を変えた犯罪者。彼らに対する憎悪は心の中で長く燃え続けた。

殺された両親の仇《かたき》をとる。それは施設にいた自分を引き取って育ててくれた彼らに対する恩返し…というよりも、きっと贖罪《しょくざい》だった。慈しんでくれた両親を心から愛することができなかった負い目を消すための…単なる私怨《しえん》にすぎなかった。

命を奪った者の罪をその命で贖《あがな》わせる。

そんなふうに言葉を飾ってみても、自分が彼らと同じ…殺人者…になったことに変わりはなかった。どんな理由をつけて、自分の行動を正当化してみようとも。

――――忘れたことはない。復讐を遂げたあとの戦慄《せんりつ》を。

手足が冷たく震え、激しい嘔吐《おうと》に襲われた。達成感に浸るハズのその時に…孤独に押しつぶされそうになった。世界と自分を繋《つな》いでいた細い糸が切れて、寂寞《せきばく》とした闇《やみ》の中に一人放り出されたような恐慌状態に陥った。

しかし…

気がついたのだ。

自分の心の中に大切なものが残っていたことに。

たったひとつだけの、特別な想《おも》い。

特別で…唯一の真実。

愛がなんなのかいまだにわからないから、それは未練。あるいは執着と呼び換えてもいい。

ただ…強く願う。堅く、誓う。

己の命を彼《か》のひとに捧《ささ》げるため、これからは生きていこうと。

皇帝《カイゼル》――。出会った瞬間に魂が震撼《しんかん》し、気がついた時には心が囚《とら》われていたそのひとに。

すべてを捧げて…叶《かな》う限り、あのひとの傍《そば》で生きていたい。

藤森《ふじもり》諒《りょう》の願い。そして、それが諒が考える己の存在理由だった。

1

窓の外では強風が荒れ狂い、激しい豪雨に災害の心配をする者も多かった。

しかし、頑強な壁に守られたムーンパレス…会員制超高級クラブ…最上階にある一室では、窓の外の様子を気にする者は誰《だれ》一人としていなかった。

「コール!」

「えぇーっ!」

快適な室温に保たれた豪奢《ごうしゃ》な室内は喧噪《けんそう》に充《み》ち満ちていた。

「レイズ!」や「コール!」の声が飛び交い、ポーカーの勝敗が決まると藤森諒は嘆きの声を上げた。

「みんなっ、強すぎる!」

丸テーブルを囲むメンバー一人一人に諒は恨めしげな視線を巡らせた。

「勝負は時の運だって」

そう言いながら笑ったのはムーンパレスのナンバースリー、ジュールだ。彼は金髪碧眼《へきがん》の正統派二枚目で、艶《つや》のあるいい声をしている。

「そういうことだ。勝利の女神が誰に微笑《ほほえ》むかは決まっていない。彼女はとても美しく、そして気まぐれだ」

そう言ったのはナンバーフォーの朝倉有也《あさくらゆうや》だ。諒は名前を諒からリョウへカナ表記に変えて仕事をしているが、朝倉の本名は安里有矢《あさとゆうや》だった。

お互い、身体《からだ》を売る仕事を始めた理由を尋ねたことはないが、以前…何がきっかけだったのかも忘れるくらい前に…諒は朝倉本人から本名を教えてもらったことがあった。

「勝利の女神が美人だなんて、聞いたのは初めてだな。女神だからって必ず美人だとは決まってないんじゃないか？」

そう言ったセルシウスはナンバーファイブだ。ハニーブラウンの髪にダークブラウンの瞳《ひとみ》、顔はミケランジェロの最高傑作と言われるダビデ像に似ている…ような気もする。

「女という字がついているだけでも遠慮したいところを、我慢して祝福を受ける身としては、せめて美人でいてもらわなくては困る」

そう言った朝倉に、ナンバーツーの蔡永琳《サイエイリン》が艶冶《えんや》な笑みを向けた。

「そういうわがままを言っているから、勝利の女神に嫌われるのですよ」

朝倉の成績は、現在第四位だった。

「それじゃあ、わがままを言っていない俺が嫌われているのはなんでなんだよ」

最下位の諒はむっつりとした表情で、負けの決まったカードを放り投げた。

「可愛《かわい》いリョウが嫌われるなんてことあるはずがないでしょう。勝負は時の運。運命に逆らってはいけませんよ」

腰まである長い漆黒の髪、黒真珠のような瞳。妖艶《ようえん》な美女のような外見をしている蔡はいつもチャイナドレスを着ていた。

「逆らわなかったら、蔡がこのままトップで逃げ切るじゃないか」

慰めにもなっていない蔡の言葉に、諒は顔を顰《しか》めた。

蔡は香を焚《た》きしめた扇で口元を隠した。ほほほほほと笑う幻聴が聞こえてきそうな仕草だ。口元を隠していても、蔡の目が笑っているのは誰にでもわかる。

「いや、まだ時間はある」

ジュールが優越感に浸る蔡をひと睨《にら》みして、早く次のカードを配れと諒を促した。

最下位だけはなんとしても脱出したい諒も、ジュールの合図に従い、カードをかき集めた。

配り終えたカードを開く瞬間、テーブルに沈黙が降りる。

それぞれポーカーフェイスの上手い勝負師ばかりだ。諒は誰の手がよかったのか、それとも悪かったのか少しも読めなかった。

…これでも、少しはゲームに慣れてきてるはずなのにな。

ポーカーだけでなく、カジノで楽しむことができるゲームはひと通り習ってある。海外のカジノに足を踏み入れ、賭《か》け事を楽しむこともしてきた。

「リョウ、お前の番だぞ」

朝倉に声をかけられた諒は迷いつつカードを二枚チェンジした。

しまった！　捨てなければよかった！

これまでの経験から、自分が勝負師に向いていないことはわかっていたが、それでもここまで惨敗したことはなかった。

運命の女神が本当にいるなら、彼女は相当な面食いなのだろう。…いや、外見だけではない。ムーンパレスの最上階に専用の部屋を持つホストたちは全員が頭脳明晰《めいせき》で、いくつもの資格を有し、あらゆることに長《た》けている。

「はぁ～っ」

数十分後、諒は大きな溜息《ためいき》をついた。結局、ゲームに負けてしまったのだ。

「やっぱり、だめかー」

どんなに必死になってみても惨敗。諒の成績は最下位のまま変わらなかった。

「うふふふふ」

がっくりうなだれる諒を見ながら、蔡が妖艶に微笑む。

「さぁ、リョウ。いらっしゃい」

誘うその声の甘美な響きに、今さらキスを恥ずかしがるような初心《うぶ》さなど持ち合わせていないはずの諒の頬《ほお》がうっすらと染まる。

「なんで、勝利品がキスなんだよ」

照れを誤魔化すように、諒はそう言った。

「あら？」

蔡が瞳を輝かせるのを見た途端、諒は自分が口にした言葉を撤回したくなった。が、もちろん遅い。

「キス以上のことをしてもいいの？　嬉《うれ》しいわね」

「ち、違うっ！」

諒は慌てた。

「そういうことじゃなくて…」

何を言っても墓穴を掘ることになりそうだと気づいた諒は途中で言葉を切った。

「どこまでお触りＯＫ？」

からかうようにジュールが言う。

…お、お触り？

「なるほど。そういうのでもいいな」

セルシウスがにやりと笑う。

「でもその場合、負けた俺たちにはなんの特典もないんだろう？」

特典、って…なんだ？

朝倉の言葉に首を傾《かし》げたのは、諒一人だけだった。

「それは困るな」

諒は何がなんだかわからないでいたが、四人の意思疎通はとれているらしい。

「では、そういうことで…」

いったい何がそういうことかわからなかった諒だが、蔡がにこやかに微笑みながら手招きする意味はよくわかった。

諒は心の中でぼやきつつ、アンティークなデザインの椅子《いす》に腰掛けた蔡の隣に立った。

ジュールの言葉ではないが勝負は時の運だから、勝つ可能性もあったはずなのになぁ。

「リョウ…」

にこやかに微笑む蔡を見下ろしながら、諒は蔡の言葉を待った。

「もっとこちらへ。いらっしゃい、リョウ」

呼ばれるままに諒は蔡に近づいた。手が腰に回った次の瞬間、しなやかな動きからは想像もつかない強い力で引っ張られた。

「ぅあ！」

気がついた時には、蔡の膝《ひざ》に諒は座らされていた。

「さ、蔡…？」

諒を横抱きにした蔡の手は、捕らえた腰をしっかり抱いたままだ。

「えーと…この体勢は、ちょっと…」

ほんのり甘くて高貴ないい香りが蔡の身体から漂ってくる。

「キスがしにくい？」

「……そういう、ことじゃ…ないけど」

最下位の罰は【キスひとつ】だ。特に明言されていたわけではないが、この場合は…敗者から勝者にキスをするべきなのだろうと諒は思った。

「約束よ、リョウ」

諒は溜息をついてから、蔡の肩にそっと手を置いた。

何が困ると言って…別に蔡が嫌いなわけでも、蔡とキスすることが嫌なわけでもなくて…気持ちよすぎるから困ってしまうのだ。そう、諒が蔡とキスをするのはこれが初めてではなかった。

諒がちらりと視線を動かすと、見物人たちの目が『早くしろ』と催促してくる。

もうひとつ困ることは、彼らの存在だ。二人きりでも妙に恥ずかしいのに、見られながらするというのは…もっと恥ずかしい。

「…んっ…」

蔡の柔らかな唇に包まれて、諒は頭の中で数を数え始めた。数秒で許してもらえるとは思っていないから、一分ぐらいは我慢しなくてはならないだろう。

規則正しく数を数えていた諒の舌に、蔡の舌が触れてきた。誘うような動きで舐《な》められて、諒はびくっと自分の背筋が震えるのを感じた。

…なんでだよ。

見物人たちの視線が頬を熱くする。

固唾《かたず》を呑《の》んで見つめている彼らに、蔡の口づけに酔う顔を見られてしまうのがたまらなく…諒は恥ずかしかった。

「…ん……っ」

頭の中で続けていたカウントは、三十を超えた辺りからおかしくなり始めた。

巧みに擦《こす》りつけ、唆すように動く舌の淫猥《いんわい》さに、ぞくぞくした快感が背筋に走る。

身じろいで「もう許して欲しい」と伝えるが許してもらえない。深く入り込んできた舌に口腔《こうこう》内を甘く犯され続け、諒の体温が上がっていく。

さらに困ったことに、誰かの気配がすぐ傍にある。

ち、ちょっと待ってくれよ…！

諒は焦った。突然、誰かの指を喉《のど》に感じたのだ。

蔡ではない。蔡のほっそりとした指は仰《の》け反《ぞ》り気味に逃げようとする諒の顎《あご》を、しっかり固定している。

――誰だ？

反対側からも別の手が伸びてきた。

肩を摑《つか》んできたのは朝倉だと、その身につけているコロンから諒にはわかった。

……えっ？　えぇっー!?

諒は慌てた。焦った。困惑した。

触られている。首筋や胸元や太股《ふともも》の上……。耳朶《みみたぶ》や腰骨の辺りや尻《しり》の方まで……！

傍観者だったはずの彼らまでが加わって、弄《もてあそ》ばれている。

諒は必死にもがいた。

「……んぁ、んっ！」

諒は抗議の声を上げようとしたが、すぐに蔡の柔らかな唇に唇を塞《ふさ》がれ、柔らかく擦りつけてくる舌に声を吸われた。

や、ヤバイって……！

諒は顔色を変えた。

彼らが本気でないことはわかっている。わかってはいるが、ただの悪戯《いたずら》であっても……性技に長けた彼らに弄《いじ》られたら、快楽に馴染《なじ》んだこの身体は欲望に負けてしまう。

同じ生業《なりわい》の者として……いくら比べられないといっても……あっさり達《い》ってしまったら情けない。

諒は自分のプライドを守るためにも必死に彼らから逃れようとするのだが、弱いポイントを的確に攻めてくる彼らの前では、捧げられた供物のように翻弄《ほんろう》されるばかりだった。

「……ふ……っ…」

蔡の口づけに酔わされて、抵抗しなければと思う心が挫《くじ》けていく。

「ずいぶんと、楽しそうなことをしていますね」

冷ややかさを含む声は諒の耳には入っていなかったが、火照《ほて》り始めた肌から唇や指が離れていったことには気がついた。

「リョウで遊ぶことはかまわないですけれど…」

…え?

被写体を捕らえ切れずにいたカメラのレンズがピントを合わせるように、諒の瞳が樋口《ひぐち》に焦点を合わせた。

樋口…。いや、オーナー?

にこやかな笑みの下に怒りを隠した樋口の前で、諒の肌に触れていた三人は静かに身を引いた。

「リョウの許可はとってあるのですか?」

左サイドで分けた長い前髪が、樋口の頬に儚《はかな》げな色香を含んだ影を落としている。

彼の目の動かし方や口元に浮かぶ微笑みに妖艶な色気を感じるのは、かつては彼もその身を売っていたという過去のせいだ。

樋口は諒を膝に抱いた蔡の上で視線を止めた。

「ええ、もちろん」

にこやかに蔡は応じた。

「これはカードゲームの戦利品ですから」

樋口の視線に「本当？」と問われた諒は、頷《うなず》いたあとで慌てて否定した。

「ち、違う！　負けたらキス…っていうのは決まってたけど…」

勝者の蔡とキスしている時、ジュールたちにも身体を触られるということは…許可していない。というか、そんなことは「してもいいか？」とも聞かれていない。

「君たちを暇にさせると、悪戯を始めるのですね。では今度、君たちのためにスワップパーティでも企画しましょうか？」

この豪華メンバーで？

樋口以外の全員が、思わず…といったように仲間たちの顔を確認した。

「オーナー」

ジュールが代表して尋ねた。

「俺たちナンバーツーからファイブと、リョウを一度に揃《そろ》えるとしたら…いったい誰がゲストになるんですか？」

樋口は意地悪な笑みを浮かべた。

「そうですね。どういう『形』にしましょうか」

「本気ですか？」

セルシウスが思わず問う。

樋口はそれには答えず、諒に冷ややかな視線を向けた。

「リョウ、いつまでそんな格好でいるんですか？」

たしなめられた諒は慌てて自分の姿を確認して、焦った。

シャツのボタンはほとんど外されていて、胸元が露《あら》わにはだけている。

ズボンのファスナーも全開で、下着が見えていた。

いつの間に……！

諒はだらしなく開いていた足を慌てて閉じた。蔡の膝の上から降りるとすぐにファスナーを引き上げ、ボタンをかけた。

舐《ねぶ》られて赤く充血した胸の尖《とが》りに、急いでかき合わせたシャツが擦れる。

「……！」

諒の表情の変化に気がついていたが、樋口は顔の向きを蔡へと変えた。

「蔡、お客様が三十分後にお見えです」

「お客？」

不思議そうに、蔡が小さく首を傾げた。

「それから、朝倉。君もです」

「…飛び込みですか?」

驚いたように朝倉が確認した。

「まさか」

樋口は笑った。

ムーンパレスで最高のランクを誇る、最上階に部屋を持つ者に、その身が空いているからという理由だけで飛び込み客の相手をさせることはない。その客が『特別重要な客』である場合は例外的なケースとして引き受けることもあるが、スケジュールの調整が可能なホストは他《ほか》にいくらでもいる。

「わかっているでしょう?」

まさか、という顔で視線を交わしたあと、樋口を除く全員が窓の方を見た。

壁が厚いため外の音は聞こえないが、カーテンの向こうの窓が突然明るくなったのがわかる。

まだ雷が鳴り、雨風も激しい悪天候のままなのだろう。気象予報士が言った通りなら、この状態は明日の明け方まで続く。

ジュールが尋ねた。

「会議は？」

「終わらせたみたいですね」

その場にいた全員の顔になんともいえない表情が浮かぶ。

「終わった、のではなく終わらせた…って？」

諒は信じられない思いで呟《つぶや》いた。

「だって…国際会議だろう？」

「そう」

セルシウスが溜息をついてから続けた。

「俺たちに予約を入れていたお客が、出席していた会議」

先進国の首脳たちが出席する国際会議が迎賓館で二日前から行われていることは、多くの日本国民が知っている。

こまめにニュースをチェックしている者なら、各国の意見調整が難航して、会議終了予定時間を過ぎても協議が続いているということも知っているだろう。

「朝倉、急ぎなさい。すでにお客様はこちらへ移動中です」

それを聞いた朝倉は肩をすくめた。

「では…お先に」

朝倉は軽く手を挙げてから、隣にある自分の部屋へ戻っていった。

「それではわたしも…戻ります」

蔡の後ろ姿を諒が見送っていると、

「セルシウス、ジュール。君たちも自分の部屋で待機していてください。いつ、問い合わせが入るかわかりませんからね」

樋口が二人に目で合図を送った。

「リョウ」

樋口はすぐに顔の向きを変え、感情の読めない笑みを諒へ向ける。

「はい、オーナー」

「話したいことがあります。わたしとオーナー室へ」

「はい」

諒は樋口と一緒にオーナー室へ移動した。

「さて、と」

オーナー室で二人きりになった途端、樋口の雰囲気が柔らかく変わった。

「諒、紅茶でもどう？」

イントネーションが少し変わるだけのその呼びかけで、諒は身体と心をリラックスさせた。

「ありがとう。もらうよ」

諒は定位置となっているソファへ腰を下ろした。

樋口がお茶の支度をしてくれるのを待ちながら、諒はカーテンを開けた窓の方を見た。大きな窓いっぱいに闇が広がっているが、ふいに窓の外の世界が白一色へと変わる。

防音、防弾に優れた特別製の窓だからか、耳を澄ませても雷鳴は聞こえない。

「今日は大荒れだな。帰る頃まで、ずっとこんな感じかな」

いまは室内にいるからいいが、ムーンパレスを出て駐車場へ向かう間にずぶ濡《ぬ》れになったら、服だけでなく車のシートも濡れてしまうだろう。

「そうだね。今夜はこのまま天気が回復しないかもね」

「樋口はどうする？　今夜はここに泊まり？」

「そうだな…迷っている」

「佐恭《さきょう》は？　いま、仕事が忙しいのか？」

樋口の恋人の岩城《いわき》佐恭は、製薬会社の研究室で働く研究員だ。

「そう。昨日も泊まり込んだみたいだけど、天気がこれだと…今夜も帰らないんじゃないかな」

樋口は寂しそうに視線を落としたあと、ティーセットをテーブルへと運んだ。

「諒は？　今夜どうする？」

「うーん…」

オーナーの許可さえもらえたら、ホストたちがムーンパレスに泊まることは可能だった。

何しろここには寝心地《ねごこち》のいいベッドがあるし、シャワールームの設備も整っている。

主な目的は客をもてなすためだが、厨房《ちゅうぼう》もあるから食事に困ることもないし、ホストたちのほとんどは数着の着替えとアメニティーをロッカーに保管している。

「帰ってもどうということはないし…かまわないなら、今夜は泊まらせてもらおうかな」

諒は地下に自分専用の部屋をもらっていた。最上階にいるホストたちの部屋がスイートルームなら、諒の部屋はベッドとサイドテーブルしか置いていないワンルームだ。シャワーブースだけは客が利用することを考えてあるのか少し広めになっているが、バスタブはない。

「泊まるのはかまわないけれど…」

樋口は二人分のお茶を淹《い》れてから、諒の隣にするりと腰を下ろした。

「樋口？」

「僕と一緒のベッド、というのは？」

「え？」

諒は驚いた。樋口の手が意味ありげに太股に触れてきた理由は、改めて確認するまでもない。

「どうしたんだ？」

まさかと思うが、佐恭が浮気でもしたのか？　と諒は思った。

樋口と佐恭はお互いに貞節を守る関係だったが、諒は樋口と…いや、樋口だけでなく佐恭とも関係したことがある。

それは彼らの浮気相手になったということではなく、殺しを請け負う仕事をしている彼らの仲間に諒がなった時…お互いのことを知り、結束を強めるための手段としてベッドをともにしたということだった。

「ここ最近、忙しいからって…してもらっていないんだ」

上目遣いで樋口に切なげに訴えられた諒はドキッとした。

「さっき…」

曲げた人差し指を、樋口の赤い唇がそっと噛《か》む。

「ひ、樋口？」

しなやかな動きで身体を寄せてくる樋口に焦りつつ、諒は華奢《きゃしゃ》な肩へ腕を回した。

「さっき、諒がジュールたちに弄ばれていたのを見たら……身体が…」

樋口はその過去のせいか、被虐傾向がある。四人に弄ばれていた諒の姿を、自分に置き換えてしまったのだろう。

「感じた？」

樋口は恥ずかしげに小さく頷いた。

十以上も年上の男だが、諒はこうした時の樋口を「可愛い」と思うことがある。

沈着冷静なオーナーの樋口にも、裏の仕事をしている時の一流の殺し屋としての樋口にも諒は敬意を払い、信頼を寄せている。だが親友として素顔を見せてくれた時の樋口に対しては、庇護欲《ひごよく》を覚えることもあった。

仕事中なら甘える演技もできるが、諒はその生い立ちのためか、なかなか素直になれない。だから、樋口が時折見せるこの素直さを諒は微笑ましく思う反面、羨《うらや》ましいとも思っていた。

「諒となら、佐恭は怒らない」

「それは…そうかもしれないけど」

どうやら、佐恭の目には雌猫が二匹でじゃれているように見えているようなのだ。

たとえ佐恭の前で樋口とキスをしていようが、繋がっていようが、あの男は余裕たっぷりの様子で笑って見ている。

樋口が諒に本気になることも、諒が樋口に惚《ほ》れることもないとわかっているからだ。

「ねえ、諒…」

樋口の手が諒の太股の上をなぞるように移動する。

「して欲しいんだろ?」

「…いいかな?」

欲求不満の樋口は妖艶でいて、可愛かった。諒が相手なら素直に甘えられるせいかもしれない。

「触ってあげるよ」

諒は樋口の衣服に手を伸ばし、ゆっくりとボタンを外してファスナーを下げた。焦《じ》らすように下着の上から触れ、樋口の顔を見る。

「…諒」

恥じらいながらも、悦《よろこ》びに頬を染めた樋口が諒の視線を受け止めかねたように瞼《まぶた》を閉じた。羞恥心《しゅうちしん》がないはずはないが、樋口の媚態《びたい》はすべて無意識のうちに計算されたものだ。自分も身を売る仕事をしているからか、諒にはそれがわかった。

「もう、こんなに…なってる」

諒が耳元で意地悪く囁《ささや》くと、樋口は溜息を震わせた。

樋口の昂《たか》ぶりが下着を押し上げている。諒は指先でゆっくり周囲をなぞった。

毎日のように仕事で欲望を吐き出しているホストと違い、オーナーとなった樋口は自分自身で慰めるか恋人にしてもらうかのどちらかでないと、ここを楽にしてやれないのだ。

諒の胸がちりりと妬《や》けた。

樋口の辛《つら》さは幸せの代償だ。恋人のいない、報われぬ片想いを続けている諒から見れば…樋口の悩みなど贅沢《ぜいたく》でわがままだ。

諒は樋口の下着を指で押し下げた。先端だけがぶるりと、いやらしく震えて飛び出した。

「どのぐらい、してもらっていないんだ?」

しばらく待っても樋口は答えなかった。諒の視線がどこに注がれているのかわかっているからだろう。

見られていることで身体が歓喜に包まれているのか、樋口は気持ちよさそうな表情を浮かべている。

「答えないと、このまま放置するけど？」

樋口の顔を見ながら囁くと、睫《まつげ》が切なげに震えた。

「…さ、ん…週間ぐらい」

諒は思わず目を瞠《みは》った。

樋口を羨んで、わがままとすら思ったが…いくらなんでも放っておきすぎだ。

あの佐恭が？　何をやっているんだ？

浮気か？　樋口には悪いが、諒は真っ先にそれを疑った。

痴話喧嘩《ちわげんか》中なら、とっくに樋口が愚痴をこぼしているはずだからその可能性はない。

もしかして、放置プレイ中か？

「…諒？」

甘えるような声で樋口が囁いた時、電話のベルが鳴り響いた。二人は同時にデスクの上を見た。

仕事の依頼だろうか。それとも、朝倉の予約を入れ直した客が到着したという知らせか。

残念そうな溜息をついてから、樋口は素早く服装の乱れを直した。

「はい…」

受話器を取り上げた時にはもう、樋口はオーナーの顔に戻っていた。

「はい、ありがとうございます」

案の定、それは仕事の依頼だった。

長くなりそうだと感じた樋口がちらりと諒へ視線を向ける。諒はそれに目で合図を返し、テーブル上のカップへ手を伸ばした。

樋口はそれから立て続けに入ってきた電話を三本受けた。

「すっかり冷めてしまった」

樋口は喉が渇いていたのか、それとも淹れ直す時間がないのか、冷めた紅茶をくいっといつもの彼らしからぬ勢いで飲んだ。

「諒、これから皇帝の間に行って」

「え?」

「カイゼルが呼んでいる。…仕事だよ」

諒は「わかった」と答えたがドアには向かわず、樋口のいるデスクへと歩を進めた。

「…諒?」

諒は樋口の正面に立った。

「五分間で、どう?」

諒が挑戦的な眼差《まなざ》しを向けると、樋口は戸惑いの中にも嬉しそうに瞳を輝かせた。

「…いい、の？」

「いますぐ来い、と言ってたか？」

樋口はカイゼルの言葉を思い出すようにしばらく黙った。

「いますぐとは…言われなかった」

「じゃあ、いますぐでなくてもいいってことだ」

諒は樋口の足下に膝をついた。

「待って！　諒。それは…悪いよ」

樋口の腕に促され、諒は膝を伸ばすと傍にあった椅子に座った。

「いま、支度するから…」

樋口は焦るように、自分の下半身だけを露出させた。すんなりとした白い足がシャツの裾《すそ》から見えていて扇情的だった。

「ごめん、諒。こんなことさせて」

そう言いながら、樋口はデスクの上にあったものを端へ寄せた。そしてデスクに座り、大きく足を開いた。

諒は椅子を寄せて、目の前を遮っていたシャツの端を持ち上げた。

恥ずかしげに樋口が息を呑む。

諒は椅子から立ち、樋口の足首を摑んだ。わざと乱暴な扱いで身体を折り畳み、腰を高く上げさせる。

「……ぁ」

慎み深く隠されていた蕾《つぼみ》が外気に触れた途端、そこはひくつき綻《ほころ》び始めた。

浅ましく収縮する様子を諒に見られている。肌を火照らせた樋口は恥ずかしげに手で顔を隠した。

「お願い…諒」

硬く張りつめたそれを突き出すように樋口が腰を揺する。

期待にはち切れそうになっている樋口を諒が咥《くわ》えると、内股《うちまた》の筋肉が動いた。

舌を絡めるようにしながら奥まで呑み込んで、手で樋口の果実を鷲摑《わしづか》みにした。

声にならない声で樋口が歓喜したのがわかる。

わざと歯を軽く立てて、刺激しながら抜いていく。

「あぁ…ん…いい…っ……」

樋口の息が次第に大きく乱れていった。

諒は吸いついていた樋口から口を離した。

「樋口、何かない？」

「…いや…もっと…」

そうじゃなくて、と諒は苦笑した。

潤滑剤代わりになりそうなものがないかどうかを聞いたのに。

「あ、そうか…」

苦笑の気配に気づいたのか、快楽に酔っていた樋口が正気に戻って身を起こした。

「ここでするとは思ってなかったから、ハンドクリームぐらいしかないけど…」

付箋《ふせん》やマーカーなどを入れているステイショナリートレイの中から、樋口は目的のものを探し出した。

「あとは俺がやるから」

諒が取り上げなければ、きっと樋口は自分で後ろを広げていただろう。

「でも…」

樋口が申し訳ないという顔をした時、電話のベルが鳴り出した。

樋口は困ったような、不機嫌になったような表情を浮かべた。

「オーナー、電話だ」

樋口は思わず諒を睨み返した。

「こっちの方は俺に任せておけばいいよ」

えっ？　という顔をした樋口の双丘を、諒が手のひらで揉《も》む。

頬を赤くした樋口の瞳が潤んだ。

これから何をされるのかを知って、身体が早くも熱くなったのだ。

「電話に出ないのか？」

樋口は身体の向きを変え、諒に背を向けたまま受話器を取り上げた。

「…はい。お電話ありがとうございます、Mr.」

身体を前へ押し倒すようにして、諒は樋口の腰を突き出させた。

「…はい。ありがとうございます」

ハンドクリームを三本の指に塗ってから、人差し指の腹にたっぷりとのせた。目で確認すると樋口の前は硬く張りつめたままだった。

「え？　いいえ。本日はこの悪天候ですので…はい…」

諒は樋口の秘孔の周りを焦らすように揉んでから、中心に指先を突き立てた。

「…はぅ…っ」

クリームの助けを借りたからか、それとも樋口が呑み込むのが上手いのか、少し力を入れただけで指先が埋まっていく。

「…いえ、なんでも…ありません。雷に、驚きました」

諒は樋口の中に人差し指を沈めてから、くるりとそれを回した。

樋口の息が弾む。

諒はゆっくり指を抜いていった。樋口はすがるような目を諒に向けながら、客との会話を続けた。

諒は次に二本揃えた指を、慎重に挿入していった。

さすがに一本の時ほどすんなりとはいかない。樋口は机の上で身をくねらせた。

「は、い…。ありがとう、ございました」

必死に嬌声《きようせい》を堪《こら》えて、客との会話を続けている樋口の姿はかなりいやらしかった。

「それでは…Mr.」

そうこうするうちに樋口は電話を終えた。

「あぁ、諒っ…！」

樋口は回線の切れた受話器を手にしたまま喘《あえ》いだ。諒が二本の指を根本まで沈めたからだ。

「ぁっ、いいっ！」

樋口の背中が気持ちよさそうにしなる。

「ぁ…も、っと…奥、まで……」

そう言われても、これ以上奥を指で突くことはできない。

諒はゆっくり樋口の中から指を抜こうとした。

「り、諒っ…！」

せっぱつまったような声を上げた樋口が指を離すまいとしたため、ぎゅっと肉の輪が締まる。

「三本で、かき回してあげるから」

そう囁くと素直に樋口の締めつけは弱くなった。

名残《なごり》惜しげに蠕動《ぜんどう》する内肛《ないこう》から、諒は指を抜いた。

「樋口…」

諒は身体の向きを正面へ変え、左手で樋口の顔の上に広がった前髪をかき上げた。そうしないと樋口の感じている顔がよく見えなかったからだ。

「……諒」

樋口の身体が一瞬硬く強《こわ》ばった。

「顔、見たいから。いいだろう？」

化粧で目立たなくしていることもあるが、樋口は長く伸ばした前髪で、頬に残るかすかな傷跡をいつも隠している。

その傷は樋口のウィークポイントだった。よく見なければわからないし、わかったところで樋口の美貌《びぼう》が損なわれるようには思えない。諒にとっては樋口の強さの証《あかし》なのだが、樋口にとっては忘れられない過去そのものなのだ。

一瞬落ちた沈黙を破るように、また電話のベルが鳴った。

「次の客かな？」

諒は樋口を机に座らせた。

「…諒っ？」

椅子の肘《ひじ》かけに両方の足をかけるように促すと、樋口は電話の方を気にしながら従った。

諒は受話器を取り上げ、樋口に渡した。

「申し訳、ありません。お待たせしました」

客と仕事の話を始めた樋口の中へ、諒はクリームの助けを借りて三本の指を挿入していった。

「…っ……」

先ほどより樋口の息が乱れている。受話器の向こうで、客はどうしたのかと訝《いぶか》しんでいるだろう。

諒がそう思ったのを裏づけるように、樋口は何度も「なんでもありません」とか「筆記具を落としてしまって」などと言い逃れをしていた。

内肛をかき回すようにしながら、そそり立った樋口の先端にキスをし、そのまま呑み込んだ。樋口は喉を反らせて喘ぎ、快感に溶けるいい顔をした。

「……ぁ…あっ……」

限界を恐れ、いまにも泣き出しそうな可愛い貌《かお》をする樋口に、さすがに苛《いじ》めすぎたかと、諒は唇を離した。

それから…樋口が慌ただしく客との電話を切り上げるまで、諒はじっとしていた。

しかし、その間も催促するように樋口の中は蠢動《しゅんどう》している。

挿入しているものが指でなかったら、樋口の中でじっとしていることなどできなかっただろうと思うような、卑猥《ひわい》な動きだ。

客に「ありがとうございました」と告げたあと、樋口は切なげな表情で諒に訴えた。

「もぅ…いきたい…いき、たい……」

樋口の求めに頷いてから、諒は先端から溢《あふ》れ出した白露を舐め取るために唇を寄せた。

「あぁ、諒ぉ、……諒ーっ！」

砲身を喉の奥まで呑み込んで吸い上げると、樋口はこれまで我慢し続けてきた嬌声を惜しげもなく上げ、諒の髪をかき回した。

これまでさんざん我慢し、煽《あお》られていたせいか、それとも下半身だけを露わにして嬲《なぶ》られるというシチュエーションに酔いしれたせいか、はたまた久しぶりに他人の口と指に刺激されたせいなのか、樋口は喘ぎながら一気に快楽の淵《ふち》へと墜落していった。

＊

諒は緊張をほぐすために、ドアの前で深呼吸を繰り返した。

柱の影からでもその佳麗な姿を見ていたいカイゼルに、傍へ来いと呼んでもらえることは嬉しい。

だが、実際に彼を目の前にするとどうしたらいいのかわからなくなる。頭が真っ白になって…気がついた時には、肉食動物を目の前にして身動きがとれなくなった草食動物のようになってしまう。

絶対的な支配者としての存在感。退廃的な笑み。蠱惑《こわく》に満ちた眼差し。威厳ある声。優美な仕草。その麗しき姿を前にして心惑わされぬ者はなく、無意識に心が傅《かしず》いてしまう。それが『皇帝《カイゼル》』の通り名で畏怖《いふ》されている男だった。

諒がすーはーと深呼吸を繰り返していると、いきなり内側からドアが開いた。

「いつまでそこに立っているつもりだ」

あっ！　と諒が驚いた時には、カイゼルの腕に身体を引き寄せられていた。

パタンとドアが閉まる音に、ハッと気がつくと部屋の中だ。

「……あ、の…？」

いつものようにカイゼルに見入ることがなかったのは、カイゼルの視線に『観察』されていると感じたからだ。

「樋口と何かあったのか？」

心を震わせるカイゼルの美声に諒が惑わされなかったのは、その内容にぎくっとしたせいだ。

「な、何かって…」

諒はごくりとつばを飲み込んだ。

「お前の髪を乱したのは樋口か？」

諒はとっさに自分の髪を撫《な》でつけた。

「唇が少し赤い」

諒の頬がさっと赤くなった。ここに来るまでにちゃんと口をすすいで、うがいもしてきていたからバレないと思っていた。

「蔡に遊ばれたのか？」

「え？」

諒は思わずカイゼルを見上げた。

無言でカイゼルの手が伸びてきて、諒はとっさに半歩後ろに下がった。

「あ…ごめん」

カイゼルの眼差しがきつくなったことに気づいた諒は慌てて、俯《うつむ》いたまま元の位置まで戻った。

教師に叱《しか》られる生徒のようにうなだれている諒の背から、カイゼルの指が摘《つま》み上げたのは、一本の長い黒髪だった。

蔡の髪に間違いないが…どうして背中が？

諒が振り向くと、壁に小さな鏡がかかっていた。それは鏡というよりも工芸品といった方がいいほど見事な装飾が施されていた。

「…あ！」

カイゼルの気配がすっと消えたことに諒は驚いた。振り返ると、部屋の奥へ向かうカイゼルの背中が見える。

少し躊躇《ためら》ってから、諒はその背に続いた。

座れと言ってもらえないため、諒はどうしたらいいのかわからなくて…ソファから少し離れたところで立ち止まった。

カイゼルは一人がけのソファに座り、室内に流れるクラシック音楽を楽しんでいるように見えた。

ちらちらと視線を送ってみるが、カイゼルは何も言わない。

さっきまで動いて、話をしていたのが夢ではないかと思うほど幻想的な眺めだった。

どんなに豪奢な部屋でも、カイゼルの姿は見事に調和している。一流の腕を持つ画家が忠実にカイゼルの美姿をキャンパスに写し取ったとしても、カイゼル本人を知らない者は生きた人間がモデルだとは思わないだろう。

許されることなら、ずっとこのまま見ていたい。傍にいることを許されたい。

特別なことは何もしなくても、こんなにも幸せな気持ちになれる。他の誰がどんなに優しくしてくれたとしても、これほど心が満たされることはない。

突然、視線が合った。

ブルーグレイの瞳の奥に何を感じたのか諒自身わからなかったが、気がついた時にはふらふらと足を前に踏み出していた。

炎に飛び込む蛾《が》のように。

……いや、蛾ではない。

諒は自分が犬か何かになったような気がした。

カイゼルの前で足を止めた諒は、どうしたらいいかわからなくなった。

「カイゼル……」

思い切って声をかけると、少しだけ室内の雰囲気が変わった気がした。

「その…遅くなって、ごめん」

　謝罪してから、諒は自分がなんのためにここへ来たのか。仕事の説明を受けるために呼ばれていたのだ、ということを思い出した。

「…ぁ」

　カイゼルが静かにソファを離れた。一瞬接近してから、カイゼルはそのまま足を止めることなく隣の部屋へ向かった。

　諒はカイゼルの姿が消えてからほっとしたように息を大きく吐いた。緊張する。

　二人きりになるたびに、こうだ。いったいいつになったら免疫がつくのだろうかと自分でも呆《あき》れる。

　諒が鬱々《うつうつ》とそんなことを考えている間に、カイゼルは本を手に戻ってきた。

「今回はこれを渡しておく」

　厚みのある本を受け取って、いつものようにハードカバーを開くとワルサーＰＰＫが納められていた。

　諒は銃を手にした。

　仕事を終えるたびに拳銃《けんじゅう》は処分している。これまでにも同じ型の銃を使ったことがあるから扱い方はわかっているが、同じ型の銃でもそれぞれ個性がある。

そのことを教えてくれたのはカイゼルだ。至近距離から使う場合を除き、仕事をする前には毎回射撃訓練をしておいた方がいい、と。

「弾は？」

言いながらマガジンを引き抜いて確認してみると七発装塡《そうてん》されている。

「九ミリショートか」

小さい。銃自体が小型だから当然といえば当然かもしれない。

「カイゼル、詳しい話を」

拳銃を目にしてからの諒は、それまでの態度が嘘《うそ》のように変化していた。

本人は自覚していないが、カイゼルの瞳を正面から見ても赤面しないし、見つめ返されてもたじろがない。

「今回のターゲットは二人だ。一人ずつでも、二人一度に始末するのでもかまわない」

諒はカイゼルから必要な情報を得ると最後に大きく頷いた。

「わかった」

用は済んだとばかりに身体の向きを変えてから、諒は気がついた。

カイゼルは何も言っていない。出ていけとも、まだ用があるとも…。

諒は振り返った。

「なんだ？」

問われて困った。

「えっと…その…」

ふいに、カイゼルが身につけているかぐわしい香りが強くなった。

驚いて顔を上げた諒はそのまま硬直した。

すいっと滑るような動きをしたカイゼルの指に、顎を持ち上げるようにされた。

カイゼルの麗しき顔がすぐそこにある。

「すぐに俯く癖は直せ」

諒は眩《まぶ》しい太陽を見たように、瞼を少し閉じた。

「…カイゼル」

「わたしを待たせた言い訳をしないで帰るつもりか？」

諒は雷に打たれたように身体を硬直させた。

「…ご、ごめん」

心臓が疾走している。

待たせた？　つまり、待っていたってこと？

カイゼルは別に「会いたかった」と言ったわけではない。わかっているのに、諒は嬉しくて…ドキドキした。

「そ、の…樋口が…」

オーナー室でしたことは恥ずかしくて言えない。

「樋口の相談に、乗っていたんだ」

諒は素早く頭を働かせた。

「佐恭のことなんだけど…何かあったのか？」

カイゼルの形のいい唇の端が少しだけ動いた。だが答えてはくれない。

「その…仕事が忙しいらしくて…」

SEXをお預けにされた樋口が、諒がジュールたちに襲われていたところを見たせいで発情してしまった…なんて言えない。

諒は困ってしまった。

「あの男のことが知りたいなら、本人に聞けばいい」

「…あ、そう、そうだよな。ごめん」

突き放されたようなニュアンスではなかったから、ホッとした。

諒は無意識に笑みを浮かべて、カイゼルを見つめ返した。

「えっと…それじゃあ、俺は戻るから」

じっと見つめられ、諒は焦った。

「こ、今夜はかなり荒れた天気だけど、カイゼルはどうするんだ？　どうするっていうのは、マンションに帰るかどうかってことなんだけど…」

諒は視線を逃がしてあたふたと続けた。

「お、俺は樋口が…ちょっと悩んでいるみたいだし…泊めてくれるって言ったから今夜はムーンパレスに泊まっていこうかと思っていていて…」

手を伸ばして一歩踏み出せば、カイゼルが逃げる前に抱きつくことができるだろう。

……抱きしめられたい！

諒はそう思ったが、その一歩が踏み出せなかった。

「いつまでそうしている？」

諒は慌てて身を引いた。

「ご、ごめん！　もう、戻るから！」

諒は恋しい男の方を見ずに叫んだ。

「おやすみっ！」

くるりと身を翻してドアへと急ぐ諒を、カイゼルは見送った。

この時諒が振り返っていれば思わず足を止め、傍に戻りたくなったのだろうが…カイゼルがどんな眼《め》をしていたのか諒は知らないままだった。

2

誰しも、足を踏み入れたくない場所があるものだ。病院や警察、刑務所などはごく普通の生活をしている者にとっても『行きたくない場所』だろう。

後ろ暗い仕事をしている猿陽春《ユエンヤンチユン》には『行きたくないのに行かなくてはならない場所』があった。

「猿さん。着きましたが？」

運転手をさせている武海《ウーハイ》の声に、猿は溜息をそっと呑み込んだ。

ここには、会いたくない人物もいるが、会いたい者もいる。

「長居するつもりはないから、連絡するまで待機していてくれ」

「はい」

猿はアタッシェケースをふたつ手にし、車を降りた。重厚なドアの前に立った時、それは内側にいた者の手によって開けられた。

「お待ちしておりました」

型通りの挨拶《あいさつ》をする男に猿も軽く会釈した。

「案内は必要ない」

先に立とうとした男に声をかける。

「…いえ、そういうわけには」

「必要ない」

「申し訳ございませんが…」

押し問答していると、毒花のような男が姿を見せた。

「あとは、わたしが…」

「オーナー。…はい」

樋口に毛嫌いされている理由は猿本人にもわかっていた。初めて視線が合った時から睨まれ続け、冷淡な態度と嫌悪に満ちた眼で見下されていては、猿にももう樋口との関係を改善しようという気はなかった。

「あの男に呼ばれた」

わかっているという顔をしてから、樋口は背を向けた。

それに続き、緋色《ひいろ》の絨毯《じゅうたん》を踏みしめながら奥へと向かう。

エレベーターのドアが開いたところでチラリと後ろを見たのは、先に乗れということだ。

猿が箱の奥に立つと、美貌のオーナーは身体を横に向け、猿の様子をうかがいながら最上階のボタンを押した。

きっと、狭い空間に二人きりだという状況すら厭《いと》わしいのだろう。

目的の階に着いた途端、樋口は素早く廊下へ出た。

しばらく歩き、最奥の部屋の前で足を止める。ドアをノックし、数秒待って開けた。

どうやら、一人であの男と対面しなくてはならないらしい。

猿は奥歯を嚙みしめた。

嫌いな男でもいてくれる方がマシだと思うくらい、猿はこれから会わなければならない男のことが苦手だった。

いつまでも立ちつくしているわけにもいかず、気を体内に満たすように深呼吸してから猿は豪華な室内へ足を踏み入れた。

冷酷な部屋の主は帝王然として、ソファに座っていた。傍に臣下が侍《はべ》っていなくても、帝王の威厳を感じる。

「わざわざこんなところまで…呼びつけるのはやめて欲しい」

すべての者を傅かせる男。その前でただ立っているだけでも、気力を奮い立たせる必要があった。その上、自分の希望を口にしようというのだ。自分自身を英雄とでも思わなくては、まともに声も出せないだろう。

「ここへ来る理由ができたと、感謝されると思っていたが」

からかいを含む声音に、少しだけ身体が弛緩《しかん》する。

「さっさと用件を済ませよう」

猿はテーブルの上にアタッシェケースをふたつとも置き、確認するようにカイゼルを見た。開けろ、と指示されたように感じてそれに従う。

「注文された通りに揃えてきた」

猿が確認してくれ、と言う前に皇帝は玉座を離れていた。

小型拳銃が一丁。組み立て前のライフルが二丁。そしてそれぞれの弾丸。

カイゼルは猿が見ている目の前で、ライフルを手際よく組み立てていった。

「試射は？」

「もちろんしてある。右、十五くらいにやや散る癖があると言っていた」

ちらりと見てきた視線の意味はわかる。

「おれにはこんなデカいライフルは扱えない」

白旗を振ることを情けないとは思わない。こんな化け物のようなライフルを扱える者の方が稀《まれ》だ。

カイゼルは銃弾の数を確認してから猿の方を見た。

「試射が済んだら連絡する」

「…ありがとうございます」

いつもならもう帰ればいいのだが、今日はそういうわけにもいかない。

「ところで、電話でも少し言ったように買って欲しい『情報』がある」

どちらかといえば、今回はこっちがメインだった。武器の注文を受けたのは猿が『話がある』と言ったあとのことだ。

「カイゼル。あんたを狙《ねら》っている者がいる」

敵が多いのか、カイゼルは当然のことを聞いたような反応しか見せない。

「黒社会のどこと繋がっているのかまではわからないが、大陸から十人以上の人間が入ってきている」

「それだけか？」

「全員の名前と居場所。それから黒幕についてはいま調べさせている」

猿は慌てて付け加えた。

「この情報を買う気があるなら、だが」

馴《な》れ合ってはいるが、支配下に置かれたつもりはない。あくまでも対等な、取引相手でなくてはならない。

組織の規模としては小さいが、これでも一組織の頭をやっているのだ。部下たちを守る義務がある。

「玉広《ユークワン》購物という小さな輸入雑貨の会社が川崎《かわさき》の中原《なかはら》区にある。それと横浜《よこはま》の福老香閣《ふくろうこうかく》という中華料理店に出入りしている人間も調べてみろ」

猿は瞠目《どうもく》した。

「知って…いたのか」

玉広購物という会社には聞き覚えがないが、妙な動きをしている中国人が福老香閣で働いていると、ここへ来る前に知ったばかりだった。

「やっぱり…おれの他にも協力者がいるということだな」

頼まれもしないのに、あれこれ調べるように手配してきたことが無駄だったとわかって悔しかった。

「買う価値のある情報なら、お前の言い値を支払う。それだけのことだ」

確かに…それだけのことかもしれない。

「おれが愚か者だということか」

「そう卑下する必要はない。ここはお前の国ではないのだから」

「?」

「しかし、中国はお前の国。そうだな?」

ぞわっと鳥肌が立った。

黒幕を突き止める役を任せられたとわかったからだ。危険な、これはかなり危険な仕事だ。

猿は喘ぐように言った。

「そ、それは…祖国だということは確かだが……！」

「状況次第だが、とりあえずの期限は一週間。次の連絡を楽しみにしている」

あ…とも、う…とも猿は言えなかった。

＊

無事に裏の仕事を終えた諒は使用した拳銃を処分したあと、架空名義で借りてあるマンションへ移動してシャワーを浴びた。

硝煙の匂《にお》いと反応を身体から落とし、返り血を浴びた可能性のある服と履いていた靴をビニール袋に詰める。

用意してあった服に着替え、新しい靴を履いてから、諒は大きな焼却炉のある会社へゴミ袋を持っていった。

夜中にこっそり忍び込み、他のゴミに紛れ込ませてくるという方法で、諒はこれまでも服や靴を処分してきたが、見つかったことは一度もない。

それから、諒はカイゼルのマンションへ向かった。

少しばかり疲れていたから、飲みすぎればそのまま寝てしまいそうだが…それもひとつの手だ。

帰れと言われる前に、うたた寝してしまえば客間の隅っこにでも泊めてもらえるかもしれない。

「…仕事、無事に終わった」

出迎えてくれたカイゼルにそう言って、諒はカイゼルの反応を待った。

ご褒美となるキスがもらえるとは限らないから、いつもこの瞬間はドキドキする。

古に存在した神がその身に纏《まと》っていた輝きを現代に甦《よみがえ》らせたかのような、アッシュブロンドの輝く髪。神秘と奇蹟《きせき》を溶かし込んだ、宝石のように美しいブルーグレイの双眸《そうぼう》。

いまここに、カイゼルと同じ空気を吸って生きていられるだけでも感謝している。

誰に？　神に？　それとも運命に？　目には見えず触れることもできない何かに？

この世に真実があるとしたら…

「入れ」

そのひと言に、ぱっと諒の表情が輝く。

ドアを開けたのはカイゼルだが、閉めるのはいつも諒だった。

カイゼルに続いて諒は室内を奥へ…ホームバーへと向かった。

カイゼルがカウンターの中に入っていくのを見ながら、諒はスツールに腰掛けた。

これだけでもう、嬉しくて心臓がドキドキしている。

「リクエストはあるか？」

陶然と聞き惚れずにはいられない声に、諒は体温が早くも上がり始めた気がした。

「こ…今夜は少し疲れたから、あまり強くないのがいい。酔って寝てしまったら…迷惑だろうし……」

早く酔ってしまうかもしれないと布石を打ってみたからか、カイゼルは赤ワインの瓶を手にした。

どうやらワインベースのカクテルを作ってくれるみたいだ。

大きめのグラスに形を整えた氷を入れ、赤ワインと炭酸水のような無色透明な液体を入れ、さらにジンジャーエールを加え、軽くステアして…もう終わり？

あっという間にできあがってしまった。

シェーカーを振るカイゼルの姿を鑑賞できないなんて…すごく残念だ。

強いのはダメだなんて、言わなければよかった。

後悔しつつ、諒は「これ、何？」と聞いた。

退廃的な色香漂うカイゼルの唇に、からかいを孕《はら》んだ笑みがうっすらと浮かぶ。

「キティ」

カイゼルの美姿に見惚《みと》れていた諒が、ハッと我に返ったように瞬《まばた》きした。

「キティーっ？」

つまり、仔猫《こねこ》だ。

猫扱いされるのがどうのこうの以前に、子供扱いはないだろうと思う。

諒はむっとした表情でグラスを手にすると、それを一気飲みした。

「次はもっと大人っぽいやつがいい」

諒のリクエストに応《こた》えてカイゼルが用意したのは、またしてもグラスに注いでステアするだけのカクテルだった。

「これは、何？」

グラスにチェリーがひとつ浮かんでいる。

「ブラック・パール」

黒真珠。確かに色っぽいネーミングだ。

諒のベッドはムーンパレスで唯一ブラックシーツを使用している。

全裸で客と絡み合い、しわくちゃにしたシーツをそれぞれの体液で汚す。諒は後始末をする時に恥ずかしい思いをするのだが、客の中には自分たちが吐き出した快楽の証を見て満足感を得る者もいた。

「これは、ブランデーベースか」

再び一気に飲み干して、諒はカクテルグラスをテーブルの上に置き、カイゼルの方へ押しやった。

「飲みすぎないように気をつけているのではなかったか？」

すっかり忘れていた『言い訳』を思い出して、諒はうっと息を詰めた。

カイゼルがシェーカーを振ってくれるまで飲み続けるとも言えない。

「あ…カイゼルは？」

いつもカイゼルは自分用にマティーニを作って、諒と向かい合ったまま飲んでいる。

「今夜は飲まないのか？」

カイゼルの唇がグラスに触れるたび、あのグラスになりたいと諒は思ってしまう。

極上の美酒を愉《たの》しむカイゼルを見ていると、諒はいつも喉の渇きと身体の火照りに気づかされる。

カイゼルは自分用にマティーニを作ったあと、諒に視線を向けた。

「なんでもいい。…任せる」

少し考える素振りをしてから、カイゼルが用意したものを見て諒は驚いた。

イチゴ？

柑橘類《かんきつるい》を飾りに使ったものはいくつか知っているけど、イチゴを飾りに使うカクテルなんて初めてだ。

カイゼルはカクテルを作っている間何も喋《しゃべ》らない。もちろん諒もカイゼルの邪魔をしないようにできあがるまで黙っている。

カイゼルが諒のために用意したのは透明感のある、鮮やかな赤色のカクテルだった。イチゴは飾りではなく、生のまま絞って風味づけに使われた。

「綺麗《きれい》な色だ」

諒は色を目で愉しみ、グラスを手にして香りを確かめた。

「ちゃんと…イチゴの香りがする」

口に含むと、香りの甘さから連想していた調和をいい意味で裏切られた。

「これ…気に入った」

甘い香りを漂わせているが、決して甘くない。冷ややかな辛さと、フルーツを使っているせいか爽《さわ》やかさも生きていて、ドキリとする味だった。

「これ、なんていうカクテル？」

カクテルを愉しむ要素に名前は欠かせない。ネーミングには制作者やカクテルを作る者、それを頼む者、それぞれの想いが込められていたりする。

「ストロベリー・マティーニ」

諒はなるほどと思った。それと同時に、カイゼルの選択を嬉しくも思った。

色、味、香り。材料や作り方もみんな違うけれど、カイゼルが飲んでいるのも諒が飲んでいるのも同じ【マティーニ】だ。

「ストロベリー・マティーニか。ありがとうカイゼル。これ、気に入った」

諒はそれを二杯お代わりしてから、飲みすぎたと感じた。疲れが眠気を呼びそうだ。

「次は？　どうする？」

どんなに飲んでも顔色が変わらないカイゼルと違い、諒の頬や耳朶はほんのり色づき始めたイチゴのようになっていた。

「――――いつものやつが、欲しい」

諒は俯き加減にカイゼルから視線を外したまま、リクエストした。

いつもの…最後の一杯。これを頼んだら今夜は終わり。ご褒美のキスをねだる合図。好きだとは言えない。キスをして欲しいとハッキリ言うこともできない諒が、カクテルの駆け引きを利用して想いを託す。

ねだったカクテルが出てこなければ、おとなしく帰ろう。拗《す》ねたり、すがりついたりできるほど…『特別』な関係なのではないのだから。みっともない真似《まね》だけはできない。嫌われたくないから。

諒のそんなけなげな思いが届いたのか、カイゼルが黙って手にした瓶はドライベルモットだった。

諒の鼓動が最高潮に高まる。

カイゼルは続いて、スロージン、ウォッカも用意した。

諒は無意識のうちに、口元に安堵《あんど》の笑みを浮かべていた。

油断はできない。似たような材料で分量を変えた別のものができる可能性だって、まだある。

そんなふうに気を引き締めようとするが、期待感はいやが上にも高まる。

カイゼルはレモンで湿らせたカクテルグラスの縁に、白い砂糖のリングを嵌《は》めた。

軽快なリズムでシェーカーを振る、奇蹟のように壮麗なカイゼルの姿を、諒は凝視《みつ》めた。

魂を震わせる諒の目元は、ほんのり赤く色づいていた。

カイゼルの体軀《たいく》は完璧《かんぺき》なバランス感覚を備えており、優美な身のこなしを見ているだけで心に誑惑《きようわく》の旋律が聞こえてくる。

静かにグラスが目の前に置かれた。

それは、待ち望んでいたカクテルのように見えた。

諒はグラスに手を触れることを躊躇い、しばらく綺麗な色を眺めた。

だけどいつまでも眺めているわけにもいかない。諒はグラスに口をつけ、ゆっくりとカクテルを含んだ。

「美味《おい》しい…」

カイゼルが作ってくれるカクテルはみんな美味しいが、中でもこれは特別だ。

『キス・オブ・ファイヤー』。諒にとって特別な思いと意味が込められているからこそ、他の誰にも作れない美酒となるのだ。

「美味しい」

本当に。なんて、贅沢な時間なのだろうか。ずっとこの時間が続けばいい、といつも思う。

…しかし、永遠に続くことなど決してないのだ。

どんなにじっくり味わっても、飲み続けていればやがてグラスの中身は空になる。

泣きたくなるような切なさのせいか、諒の瞳が少し潤む。

諒はそっと溜息をついて、空になったグラスをテーブルに置いた。

カクテルを頼む時と同じくらい、この瞬間もドキドキする。

カウンターを出て、カイゼルが横に立つまで気配を追い続けた。

「…カイゼル」

見つめられているとわかるから、息が止まりそうだ。

頬から顎へと指先が滑るように触れていく。そっと顔の角度を変えられ、諒は瞼を閉じた。

睫までが震えているような気がする。

長くても数秒。それ以上ではないはずなのに、切なさが心臓を止めようとしていた。

…ぁ……。

重なる唇。触れる冷たさ。

カイゼルの唇———。

もう、我慢できないっ……！

諒は飛びつく勢いでカイゼルの肩へと腕をかけた。しっかりと唇を押しつけてから、舌を伸ばす。

入りたい！　近づきたい。そして知りたい。もっともっとカイゼルが欲しい！

惚れ抜いた男が相手だからか、キスひとつ上手く誘えない。

諒はそんな自分に焦れながら、舌を絡ませ、混ざり合った唾液《だえき》を啜《すす》った。

あ、あぁ……！

キスだけで諒の身体は昂ぶり、渦巻くエネルギーが駆け巡る。

「ぁ……やだ……っ」

夢中で貪《むさぼ》っていた唇が離れていく。諒はすがるような瞳をカイゼルへ向けた。

「……あ……」

穏やかに見つめるブルーグレイの双眸を至近距離で見つめてしまい、諒は恥じらうように瞼を少し閉じた。

「お前たちを狙う者が、現れるかもしれない」

「……え？」

何を言われたのか、諒はすぐにはわからなかった。

「一人になった時は、特に気をつけるんだ。わかったな？」

諒はぎくしゃくと頷いた。

「わかった」

「諒――」

官能的な響きが諒の脳髄を痺《しび》れさせた。

「いつものように、呼んでくれないか？」

支配者の双眸に魂を抜かれ…意識が遠くへと飛翔する。

ブルーグレイの瞳を見つめ返していた諒の貌が、よく似た別人のように変わった。

「佳織《かおる》…俺の、佳織――」

与えられた暗示に気づかぬまま、諒は自信たっぷりに微笑む。

「早く…抱いてくれないのか？」

自分が望めばそれが叶うことを知っている貌で、諒は恋しい男を見つめる。

「佳織……」

諒は甘く囁いて、官能へと誘う口づけを仕掛けていった。

3

諒は美容院を出てから、車を停《と》めてきた駐車場とは別の方向に足を進めた。

最近お気に入りのオーガニックカフェが近くにあるのだ。

エントランスの前で、数人の女性客が入店の順番待ちをしている。

諒は順番を待つかそれとも諦《あきら》めようかと思案しながら歩く速度を落とした。

「どうするかな…」

呟いた時、女性たちが店内に入っていった。

諒が店の前で足を止めると、すぐに店員が気づいて声をかけてきた。

「いらっしゃいませ。お一人ですか？」

爽やかな笑顔に、諒は頷いていた。

「大テーブルの方でよろしければ、すぐにご案内できますが」

見知らぬ女性と隣り合う席だと困る。

「ちょっと、中を見てもいいかな？」

また今度と断ることもできたが、なんとなく立ち去りがたい気もした。

「ええ、どうぞ…」

店内は明るく、モダンなインテリアで統一されていた。ほとんどの席が埋まっていて、諒に話しかけたのと同じスタイルのギャルソンがテーブルの間を颯爽《さつそう》と歩いている。

…あそこなら、いいか。

大テーブルの空席を見て、諒はそう判断した。椅子をひとつ空けて座っているのは大学生くらいの年齢の青年と、三十代前半くらいのサラリーマンだった。どちらも周りのことなど見ていない。

ギャルソンの案内で店の奥へと向かっていると、突然「リョウ?」と名前を呼ばれた。

驚いて声のした方を見るとものすごい美形と目が合った。

…あれ?

諒は思わず首を傾げた。

どこかで会ったことがあるような気がするのに、誰だかわからない。

こんな綺麗な男性を、忘れるはずがないのに。

諒の戸惑いに気がついたのか、にっこりと彼が微笑んだ。

「あっ!」

諒は驚きの声を上げた。

心配そうなギャルソンの声を無視して、諒は尋ねた。

「蔡、あなたですか？」

声がいつもより低いし、雰囲気もまるで違うが笑顔は同じだった。

珍しいな、蔡が男装していると思ったところで、諒は違うだろと自分につっこみを入れた。

蔡の性別は男なのだから、男物の服を着ていて【男装】もないものだ。

「リョウは誰かと待ち合わせ？」

蔡は長い髪を首の後ろでひとつにくくり、シルバーフレームの眼鏡《めがね》をかけていた。

ラベンダーグレイのスーツにノーネクタイ。襟元からちらりと見えているネックレスはひと粒のピジョンブラッド。

時計はバングルのようなファッションウォッチ。女性的な組み合わせがクラシカルなデザインのシャツと上手く調和していて、モデルかセレブかといったノーブルな雰囲気がある。

いや。たとえTシャツにジーンズというラフな格好であったとしても、蔡の柔和な笑みや仕草などから同じ印象を受けただろう。

「いいえ、蔡こそデートですか？」

「そうだといいのに。リョウ。よかったら、どう？」

蔡は目の前の席を諒に勧めた。

「それじゃあ」

諒が招きに応じて席に着いたところで、ギャルソンが傍を離れた。

「ホントに偶然ね」

諒は思わず微苦笑した。

「蔡、その姿の時にもその話し方ですか？」

「リョウが驚くかと思って」

蔡のその微笑みは、ムーンパレスで会った時によく見かける笑顔と少し違った。

「驚いたけど…せっかくだから、蔡の違う一面を知りたいな」

ムーンパレスで会う時の蔡はいつもチャイナドレスを着ている。どんな美女にも負けない華のようだが、いま目の前にいる蔡は諒が知っている蔡とはまるで印象が違っていて…凛々《りり》しくとても格好いい。

「リョウ、このあとの予定は？」

久しぶりの休日だが、特に予定はない。裏の仕事の腕を錆《さ》びつかせないよう、射撃の練習をするかウエイトトレーニングでもして過ごそうかと考えていただけだ。

「特に…何も」

「では、デートを申し込んでもいいかな？」

諒は蔡の眼差しにドキッとした。よく似ているけど別人のようで、やっぱり本人だとわかる魅力的な人を前にして惑う。

諒がすぐに答えなかった理由など気がついているだろうに、蔡は「ダメかな？」と微笑んだ。

「なんだか、緊張する」

「緊張？」

「蔡が…すごく格好いいから」

正直、ドキドキする。

「そんなことを言われると、こんな明るいカフェにいるのが残念に思えてくる」

思わせぶりに見つめられ、諒は焦った。

「え、っと…蔡が食べているのは何？　美味しそうだ」

話をすり替え、諒はギャルソンを呼んでサンドイッチをオーダーした。


蔡の奢《おご》りで店を出た。蔡は散歩がてら最寄《もよ》りの駅から歩いてきたというので、諒の車で移動することになった。

「…蔡？」

諒の隣を歩いていた蔡がふいに立ち止まった。

Cafe

蔡の視線を追うと、五十代くらいの年齢の痩身《そうしん》の男に行き着いた。

「…？」

蔡は呆然《ぼうぜん》とした様子で立ちつくしている。

諒は男と蔡を見比べた。

蔡の客か？　頭に浮かんだその可能性を諒はすぐに否定した。着ているものやそのひとの雰囲気などから、蔡を買えるほどの財力はないと判断したのだ。

「こんにちは」

男は近づき、声をかけてきた。

「ちょうどいいところで会いました。ご注文いただいていた蜂蜜《はちみつ》が入荷しましたよ」

蔡は黙ったままじっと男の顔を見ている。

「また、店の方へお立ち寄りください」

男はすれ違いざま諒の上で視線を止め、去っていった。

「さっきの男。店って、どこの店？」

諒は蔡に尋ねた。意味ありげに笑った男の視線が妙に気にかかる。

「え？」

「さっきの男はどこの店で働いているんだ？　って聞いたんだ」

「え？　あ、ああ…」

ぼうっとしていた蔡に表情が戻ってきた。

「中華街にある店です」

ただそれだけ？

「なんだか、ぼーっとしていたみたいだけど」

「え？　ああ、それは…ほら、リョウにもないかな？　顔は思い出せても名前がなかなか出てこないことが」

「あー、あるな」

仕事柄、諒も蔡も客の顔は一度で覚える。だけど何気ない日常の中で何度か顔を合わせるだけという関係だと案外、記憶しているようでしていなかったりする。

「そんなことより、リョウ。初めてのデートだから、遊園地にでも行こうか？」

男、二人で遊園地？

「それだけは勘弁して欲しいな。…チャイナドレスを着てくれたら考えてあげるけど」

冗談のつもりでそう言ったのに、蔡は「着替えたらいいの？」と真面目《まじめ》に返してきて、諒は慌てた。

「冗談だよ。チャイナドレスでもウエディングドレスでも…とにかく、遊園地だけは勘弁して」

「それなら、動物園で」

「蔡～っ」

恨めしげに、諒は蔡を見た。

「お客様のリクエストで、行ったことない？　動物園」

諒は黙って車のロックを外し、蔡のためにドアを開けた。どうぞと促す諒に微笑み返し、蔡は助手席に座った。

「とりあえず、車を出すよ」

運転席に座った諒はシートベルトをしてからエンジンをかけた。

「行ったこと、あるだろう？　動物園デート」

なおも、蔡は同じ質問をした。

そして大音量で鳴り出したカーステレオのボリュームを急いで調整した。

ずっと答えを待っている蔡の視線に溜息をついて、諒は車を駐車場から出した。

「あるけど、それはずっと前のことだから」

ムーンパレスで働く前。客と外でデートをしたり食事や買い物に付き合ったり、同伴出勤をするのが当たり前だったホスト時代。なぜか、諒を誘う男は【動物園】を行き先に選ぶことがあった。

「リョウは動物園が嫌いか？」

せっかく男らしく決めているのだから、話し言葉もそれに合わせて欲しいと諒がリクエストしていたからか、蔡は話し方を変えていた。声質も変えているため、ますます諒はドキリとしてしまう。

「嫌いじゃ…ないけど、なんか子供っぽい」

蔡は思わず微笑んだ。

諒を動物園に誘う男たちは、動物たちを前にした諒が豊かな表情を見せてくれることに気づいているのだ。

「それでは、水族館は？」

「それなら…いいけど…。海辺を散歩する方がよくない？」

遊園地、動物園、水族館。どこも人が多い場所だ。諒を誘っておきながら、蔡は人混みが苦手だった。

「リョウがそう言うなら、それでもかまわないけれど」

「…けれど？」

「今夜はディナーまで付き合ってくれるか？」

諒がすぐに答えなかったのは、蔡の手が太股に触れてきたせいだった。

「さ、蔡っ。運転中は危ない」

「車を停めたらかまわない？」

「蔡、俺で遊ぶなよ」

「本気だと言ったら、どうする？」

このぐらいの駆け引きなど日常茶飯事なハズなのに、諒の顔は赤くなっていた。

「――リョウ？」

「ごめん。俺、仕事以外の…客以外の相手とはこういうの慣れてなくて…。しかも、蔡は別人かと思うほど格好いいし」

諒が初心なフリをしているわけでも、男を惑わす手管のひとつとして恥じらってみせているわけでもないことが蔡にはわかった。

「もしかして、リョウを口説《くど》き落とそうと思ったら、この格好の方が効果的？」

諒はちらりと蔡を横目に見た。

「…かも、しれない」

比べるのは失礼なことなのかもしれない。けれど、絶世の美女が性別だけを男に変えたら…カイゼルに共通した佳麗な美貌と凄艶《せいえん》な雰囲気に変わるのだと気がついた。

「どんなに綺麗でも、リョウは【男】でないとダメだということだ」

「…そう思う」

どんなに大胆に豊満な胸元を見せつけられても、形のいいヒップを揺すられても…抱きたいとは思わない。

「でも、抱きしめられることは好きなはず」

改めて考えると、認めるしかない。

「そうだと思う」

藤森の姓をくれ、育ててくれた両親は過度な期待をしなかった。叱られない代わりに励まされることもない。

「あなたはわたしたちの大切な子供よ」と言うが、抱きしめてくれたこともない。二人と手を繋いだ記憶もあまりない。

愛されていたのだと思う。期待されなかったが、いい子であろうと思った。

もういらない…と元いた施設に捨てられたくなかったから、わがままは言わなかった。

「リョウ。…ご両親は？」

暗黙の了解とでもいうのか、ホスト仲間たちはみんなそれぞれのプライバシーに関する質問をしないようにしていた。

蔡がそれをあえて破ったということは、自分が知りたいと思うと同時に自分のことも聞いて欲しいと思っているからだろう。

「二人とも、もうこの世にはいない」

「そう。…わたしもよ」

蔡の声は泣いているように聞こえた。

まだ傷が癒《い》えていないのだろうか。

蔡の両親がいつ亡くなったのか気になりながら、諒はそのことが聞けなかった。蔡の過去に触れることが怖かったのだ。

蔡とはもっと親しくなりたいと願っていながら…どうしても臆病《おくびょう》になってしまう。なんとなく、時分と似た悲しみを感じるせいかもしれない。

「リョウ、前！　話はあとにしよう、危ない」

少し先がカーブになっていた。諒は顔の向きを正面へ戻したが、蔡の寂しそうな表情が脳裏に焼きついていた。

＊

「リョウ、少し寄っていかないか？」

蔡が住んでいるマンション前で車を停めた諒は迷った。

蔡の部屋には興味があった。けれど、これ以上二人きりでいるのは…やめた方がいい。

蔡のことは好きだが、恋愛感情にはなり得ない。抱きしめられれば嬉しいし、蔡とキスをするのも気持ちがいい。

だけど…先がない。

諒が素直に甘えられる人なんて、ほとんどいない。蔡は諒にとって特別な人だったが、この関係は変えようがない。

「ありがとう、蔡。でも、今夜はやめておくよ。少し疲れたし」

浜辺を少し歩き、蔡と肩を並べて夕陽《ゆうひ》を眺めた。辺りが暗くなってきた頃、蔡にキスされて…それから、レストランで食事をした。

今日一日で蔡のことがよりよくわかった気がする。楽しい一日だった。

「そう。残念だけど…仕方ないか」

蔡は微笑みながら肩をすくめた。

「…あ」

ふいに車内に流れた電子音は携帯電話の呼び出しだった。蔡が自分の携帯を手にした。

「蔡？　出ないのか？」

相手を確かめたあと、蔡は動きを止めた。横顔は硬く強ばり、人形のようだ。

「…蔡？」

諒が呼びかけても、じっと液晶部分を見たままだ。

「蔡？　どうかしたのか？」

ようやくぎくしゃくとした様子で、白い顔をした蔡が諒の方を見た。

「――蔡？」

一瞬のことでハッキリしないが、蔡の瞳はどこか遠くを見ているような気がした。

「リョウ」

蔡は携帯を自分の膝の上に置くと、諒の方へ身を寄せてきた。

おやすみのキスだろうと考えた諒はじっとしたまま瞼を閉じた。

蔡の手が首筋に触れて…ちくりとしたような痛みをそこに感じた諒は驚いた。

「さ、…い……」

諒が目を開けると、蔡の指輪が形を変えていた。画鋲《がびょう》の先のような、短い針のようなものが突き出していた。

「…どぅ…し……ぇ…」

ゆっくり意識が遠のいていく。

なぜ？　どうして？

意識が途切れる寸前に諒が感知したのは蔡の香り。いつもより強く…なぜか初めて嗅《か》いだ香りのような気がした。

＊

諒がいなくなった。

それに一番早く気がついたのは樋口だった。

樋口はすぐ、カイゼルに相談した。

「出勤途中にアクシデントがあったとしても、連絡がないまま…すでに四時間近くになります。何か、あったとしか思えない」

居場所がわからない。連絡もとれない。そのことに強い不安を感じるのは、カイゼルから警告を受けていたからだ。

カイゼルが手にしていた携帯電話のランプが光った。

「…どうだ?」

『どうやら、帰ってないみたいだな。今日の新聞がそのままになっているし…車がない。バイクの方はあった』

佐恭は樋口に頼まれて、諒のマンションへ様子を見に来ていた。

『争った形跡も、誰かが何かを物色したような痕跡《こんせき》もないな。昨日は、休日だったんだって？』

「そうだ」

『最後の足取りは？』

「その前日。仕事を終えて、自分の車で帰ったのが最後だ」

『それから、一度は帰ってきているな。帰宅途中に行方《ゆくえ》不明になったのだとしたら、昨日の分の新聞も郵便受けに残っているはずだ』

佐恭は携帯を手に室内を移動した。

『食事を作るつもりで出掛けているな』

冷蔵庫を開けるとラップをかけた皿がふたつ入っていた。下味を馴染ませている肉と、自然解凍させたホタテだった。

「車を捜させよう」

『そうしてくれ。あ、カイゼル』

「なんだ？」

『頼まれていた例のヤツ。できた…と思う』

「自信がないのか？」

『臨床試験のデーターがとれるなら、こんなあやふやなことは言わないぜ』

「いつ持ってくることができる?」

『こっちも急ぐのか?』

「ああ。命がかかっているからな」

『わかった。できる限り早く渡す。…尚志《ひさし》と少しだけ話をさせてくれ』

カイゼルは手にしていた携帯を樋口に差し出した。

「佐恭…?」

『旨《うま》そうなステーキ肉とホタテがあるんだが、持って帰ったら料理するか?』

樋口は佐恭の言葉を理解するのに数秒の時を要した。

仲間が行方不明になっているこの非常時に何をのんきな…と怒りさえ覚えた。

『俺は多分、自分のマンションに帰れるのはずっとあとになるだろうから、お前食うか?』

「もしかして…それは諒の?」

『そう。腐らせてしまったら、なんだか縁起が悪いような気がしないか?』

なんとなく、わかった。縁起が悪いというよりも縁起担ぎのニュアンスの方が近いのだろう。

「届けてもらえるなら、僕が食べるよ。美味しく料理して」

諒の血となり肉となるはずだった肉を代わりに食べ、そして…諒の帰りを待つ。

まだいまの段階では、ムーンパレスのオーナーとしての責任を代理に任せるわけにはいかない。せめて、諒がどこでどうしているのかわかるまでは。

「カイゼル…」

樋口は携帯を持ち主に返した。カイゼルは佐恭へ短い声をかけてから回線を切った。

「カイゼル。関係ないと思うが、今日は蔡も休んでいる」

「本人からの連絡か？」

樋口は頷いた。

「体調が優れないと言っていたけれど…蔡も諒と同じで、昨日は休日だった」

単なる偶然だと思うが、樋口は妙な胸騒ぎを覚えた。

「まさかと思うけど、蔡と諒が何者かに一緒に攫《さら》われたということは考えられないかな？」

突拍子もない仮説だが、金でこの世の快楽はなんでも手に入ると考える貪欲《どんよく》で愚かな者がいる。そうした者に目をつけられ、攫われたという可能性はゼロではない。

「もしもそうなら…蔡が僕に連絡をよこしたのは時間稼ぎか、それとも関連性を疑わせないため、という線もある」

カイゼルは樋口の考えを否定も肯定もせずに、室内を移動した。いつも樋口が使っているパソコンの前に座ると、使用者設定を変更する。

そうしてキーボードを叩《たた》いていると、デスクの上に置いた携帯のランプが点滅した。

「…わたしだ」

『マンションをさっき出たばかりなんだけど』

　相手は佐恭だった。

『白い車が一台尾行《つけ》てきてる。間に一台別の車がいるからナンバーは不明だが、俺がマンションから出たところを待ち伏せしていたヤツが乗ってすぐに走り出した』

「映像が撮れるか？」

『無理だな。せっかく来てくれたお客さんだし、捕まえて、吐かせてもいいか？』

　声の調子から、佐恭がすっかりその気になっていることがわかる。

「…お前の判断に任せる」

『サンキュー！』

　すぐに回線は切れた。

「カイゼル？　いまのは佐恭か？」

「尾行しているやつらを捕まえていいかと聞いてきた」

「尾行？」

　やはり諒は攫われたのだと樋口は思った。

「カイゼル、蔡やリョウの客という可能性は？」

　あるいは会員審査が通らなかったことを恨みに思う人物だという可能性も。

　樋口は素早く頭の中で、そうしたことをしそうな人物を探した。

「樋口。確証はないが、違う」

「違うって？」

「恐らく、やつらの目的はわたしだ」

「カイゼル？」

「やつらが何を求めているかはまだわからないが…結果は同じことだ」

死の匂いがするカイゼルの昏《くら》い笑みを見てしまった樋口の背に、不思議と甘い戦慄が走った。

諒は思わず顔を顰めた。気がついたら檻《おり》の中に入れられていたのだ。動物園などでよく見かける、片方だけが鉄格子になった部屋。

慎重に周りを見回してみる。天井も床も壁も、すべてが剝《む》き出しのコンクリートであるせいか寒い。

服は脱がされていなかったが、こんな部屋に閉じ込めるやつらの考えることなんて、簡単に想像がつく。

しかし…ここはどこなんだ？

最後に残る記憶とこの状況から考えて、蔡をまず捜すべきだった。

五感を研ぎ澄ましてみる。近くに人のいる気配はない。鉄格子の傍まで移動したが、手は触れない。電流が流されていないと確認するまではうかつに触らない方がいい。向こう側は部屋というより廊下で、左右ともその先は見えない。

諒は改めて、自分が身につけているものを確認した。

ベルトも靴も服もそのままだが、ポケットに入れていたはずの財布と部屋の鍵《かぎ》、それに指輪と腕時計がなかった。

ピアスは…と耳朶に触れて思わず舌打ちした。偶然にもルビーとサファイヤのピアスではなかったが、わりと気に入っていたゴールドのピアスも奪われていた。

蔡一人の考えでこんなところに閉じ込めているということは考えられない。もしも蔡が（悪戯の可能性も含め）強引に監禁するとしたらもっと待遇よくしてくれるはずだった。

キングサイズのベッドに手錠をかけて拘束し、気がついたばかりで慌てている様子を蔡なら嫣然《えんぜん》と笑いながら見ている。

「ダメよ。もう逃がさないから」とかなんとか言いつつ、からかうようなキスを仕掛けてくる…というのが蔡の好みだと思う。

だから、蔡には他に仲間がいる。というより、脅されて仕方なくこんなことをしたのではないかと思う。

蔡自身の考えでこんなことをするとは、どうしても思えなかった。

変化があったのは諒が意識をとり戻してから二十分近く経《た》った頃だった。
ひとの気配、それも複数の人間の気配がした。足音で五人とわかる。
だが、実際に鉄格子の向こうに現れたのは六人の男だった。
一番後ろを歩いていた男が足音を消していたのだろう。ひと目で同類、人殺しに慣れた者だと諒にはわかった。
他の五人のうち一番目つきの鋭い男がボスで、抜け目なさそうなヤツがその下で、残る三人は手下風に見えた。
向こうがじろじろと観察してくる間、諒も六人の男たちを観察した。
[本当に、この男がそうなのか？]
男の言葉は諒にはまったくわからなかった。だが、イントネーションなどで中国語なのだろうと判断した。
諒は焦った。
…中国語？　ということは、こいつらは中国人か!?
[間違いない。この者を可愛がっていると、わたしの偶人《人形》が言っておった]
[では、さっそくサンプル採取のための準備に取りかかろう]
[何を言っているのかわからない！　俺にもわかるように言えよ！]
[早く結果を知りたいものですな]

「お気持ちはわかりますが、どうぞ焦らずに。手術の前に簡単な検査が必要です」

「お前たち、いったい何者だよ。俺をどうしようというんだ！」

「どのくらいかかる？」

「検査だけで一日は時間をいただきたい」

「そんなにかかるのか？」

「だから、わからないって！　せめて英語にしろよ！」

「うるさい。この者は何を叫んでいる？」

「わかりませんが、我々が耳を貸す必要のあることだとは思えませんな」

「それもそうだ」

「何者だって聞いているんだよ！　俺をどうするつもりだ！」

「生きがよくて結構だ。…サンプルの採取以外にも、あの男のことが知りたい。多少なら薬を使ってもかまわぬから喋らせろ」

「はい《是》」

あ、いまのはイエスという意味だ。

諒がそう思った時、男たちは身体の向きを変えた。背を向けた男たちに向かって、諒はさらに大きく声をはり上げた。

「え？　待てよ！　ここはどこなんだよ！　俺をどうしようっていうんだ！」

諒にはますます状況がわからなくなった。

「ここから出せ！　いますぐ解放しろ！」

声を限りに叫んでみても、彼らは立ち止まらなかった。

諒は再び一人きりになった。

「やばいな」

彼らの目的がなんであるかはっきりしなかったが、檻の向こうにいた男たちの目つきは異様だった。少なくとも、彼らは欲望を感じさせなかった。肉体関係という意味での欲望は。代わりに感じたのは、狂気を孕んだ歓喜だ。もしかしたら臓器や血液といった肉体そのものを狙っているのかもしれない。

諒はぞっとした。

「…冗談じゃない」

まともな死に方はしないだろうと思ってきた。誰かに殺されるかもしれない。その可能性については考えたことがある。

命を奪う禁忌を犯した者の末路は、地獄。それでもいいと思っていたが…冗談じゃない。どこの誰ともわからぬ者のために、どうして自分が犠牲にならなければいけない？

諒は鉄格子の向こうを睨みつけた。

じゃらじゃらと鎖の音をたてながら誰かがやってくる。

しばらくして現れたのは白衣を着た男が二人と蔡、そして蔡を引き立てるように連れてきた男の四人だった。

「蔡っ！　どうしたんだよ！」

驚いたことに、蔡の両腕と両足首には重そうな枷《かせ》がつけられていた。両足の枷と枷は細い鎖で繋がれている。

蔡が身につけているのは服というより検査着一枚のようで、足も裸足《はだし》だった。

「これはいったい、どういうことなんだよ！」

誰にともなく、諒は叫んだ。

「蔡っ！　どういうことなんだよ！」

蔡は諒の視線を避けるように俯いたままだ。

[通訳しろ]

白衣を着た男のうち、背の高い方が言った。

[最後に食べ物を食べたのはいつだ？]

[それなら、昨日の夜。八時半頃よ]

[間違いないのか？]

「間違いないわ。わたしと一緒に食事を摂《と》ったのが最後」

「水もか？」

「眠らせてここへ運んでくるまで、何も与えていない」

諒にはわからぬ言葉で話している二人を見ていることしかできなかった。

蔡の顔色は悪く、無力感に支配されているように感じられる。

蔡は彼らに命令されて仕方なく従っているだけなのか？ それとも酷《ひど》い扱いを受けているように見せかけているだけで、本当は彼らの仲間なのか？

「蔡。蔡、教えてくれ。何があったんだ？」

「アレルギーの有無は？」

「リョウ、アレルギーはある？」

「アレルギー？」

思いもよらない質問を受け、諒は戸惑った。

「どういうことなんだよ？ さっぱりわけがわからない！ 蔡っ、どうなっているんだよ！」

「なんと言っている？」

待って、という仕草をしてから蔡はゆっくり顔を上げた。

「ごめんなさい、リョウ」

殴られた跡なのか、蔡の頬は少し赤く腫《は》れていた。

「わたしは…逆らえない……」

逆らえない。つまり、従わざるを得ないということになる。進んで協力しているわけではないと。

諒は、内心でホッとしたが険しい表情を崩さずに詰問した。

「それだけじゃわからないだろ！　もっと、ちゃんと説明してくれよ！」

「お願い。いまは彼らの…わたしの質問に答えて」

蔡はすがるような表情をしていた。見ていて痛々しいほどの、蔡の怯《おび》えを感じる。

「わかったよ。ここがどこなのか教えてくれたら答える」

蔡は眼だけを動かして、三人の男たちを気にしながら答えた。

「…わたしの祖国よ」

諒は思わず目を瞠った。彼らが中国人だということはわかっていたが、まさか…意識を失っている間に中国まで連れてこられたなんて、思いもしなかった。

「リョウ、アレルギーはある？　答えてっ」

「自覚症状のあるアレルギーはない」

本人も気がついていないアレルギーがある可能性は、誰にもある。

「現在、治療中の病気があるか？　と聞いているわ」

「なんのために、俺を攫ったんだ？」

蔡は視線を逸《そ》らした。

リョウにはわからなかったが、罵声《ばせい》のような言葉を浴びせかけられ、蔡は鎖を手にしていた男に腹を蹴《け》られた。

「蔡っ！」

痛みにうずくまった蔡を見て、諒は思わず鉄格子に手をかけた。幸い、そこに電流は流されていなかったようで何も起こらなかった。

「何をするんだ！」

諒にはわからない言葉で男たちは何かを言った。蔡を蹴った男が蔡の長い髪を鷲摑みにして、顔を上げさせた。

諒とその男の視線が空中でぶつかった。

男からは、血の匂いがした。ヤツが殺しを躊躇うことはないだろう。

「早く質問に答えさせろ、と言っているわ」

ここには蔡以外に日本語を理解する者はいないようだ。

「わかった。答えるから蔡も俺の質問に答えて欲しい。…治療中の、病気はない」

「あなたは、囮《おとり》なのよ」

「囮？」

「彼らの目的は…彼、よ」

蔡の目を見ていれば、誰のことを言っているのかわかった。間違いないと確信した。

「煙草《たばこ》は吸うか？　と聞いているわ」

「やつらは何者なんだ？　どうして…」

カイゼルを狙うと言いかけて、諒は言葉を切った。ここは慎重に取引しなくてはならない。こちらの情報を不必要に流失させるのはマズイ。

「やくざと呼ばれる人たちと同じもの」

蔡も慎重に言葉を選んでいる。情報をそれとなくやりとりしていることを知られないためだ。

…ということは、蔡はやつらの仲間ではないということだ。芝居でなければ。

「煙草は基本的には吸わないが吸っているように見せかけることはある」

「一週間の平均的なアルコールの摂取量は？」

「なんのために、こんな質問をするんだ？」

蔡は困ったように視線を逃がした。

「蔡。答えてくれ」

白衣の男たちが蔡に何事かを言った。

蔡は男としばらく話してから、顔の向きを諒へ戻した。

「リョウの健康診断をすると言っている」

「健康診断っ？」

「質問の返事は？」

驚いている暇はないということだ。

「なんだった？　質問は」

「一週間の平均的なアルコールの摂取量」

諒は少し考えてから「缶ビールで一日二本、ということにしておく」と答えた。

ホストクラブ『jasper』のナンバースリーだった時には、店で客が注文する飲食費が売り上げに貢献していたため、諒もよく食べたり飲んだりした。だが、ムーンパレスに移ってからはそうした接待をする必要はなく、暴飲や暴食とは無縁になった。

それに、裏の仕事を始めてからは以前よりさらに体調管理には気をつけるようになっている。酔っていたせいで手元が狂ったなんて言い訳はプロを名乗る以上、絶対にしたくなかった。

「家族の病歴は？」

「両親は病死ではなく、殺された」

蔡が驚いたように目を瞠った。すでに亡くなったということは話していたが、その死因については教えなかったから。

「といっても、その両親も本当の親じゃない。俺は捨て子だったから本当の名前も年齢もどこの誰なのかもわからない」

真っ青になった蔡の様子を訝しんだ男たちが、早口に何かを言い始めた。

しかし…蔡はそれが聞こえていないかのように、茫然自失《ぼうぜんじしつ》していた。

「あっ！」

蔡の隣にいた殺し屋が、蔡にいきなり殴りかかった。

「蔡っ！」

それから先に起こったことは諒にとっても辛く悲しい出来事だった。

床に伸びた蔡の上に覆《おお》い被《かぶ》さり、薄い検査着の前を裂くようにして全裸にすると、男は蔡の抵抗を暴力で封じた。ぐったりと伸びた蔡の足を片方持ち上げ、男は足枷を外した。

蔡の身を案じて視一視する諒に、まるで見せつけるように男は蔡の足を大きく開いた。

諒はハッと息を呑んだ。蔡の悲鳴と、諒が慌てて目を閉じたのはほぼ同時だった。

だが、刹那《せつな》の残像が諒の瞼に焼きついてしまった。

こじ開けられた、蔡の秘密……。

ぎゅっと固く目を閉じ、耳を両手で塞いでいても、蔡が陵辱されているのが諒にはわかった。必死にもがく気配と悲痛な叫び声、それを封じるように続く殴打。

——蔡っ！

檻の中にいる諒には何もできなかった。

男は蔡に暴力と屈辱を与え、自由と尊厳を剝《は》ぎ取っていた。

自分の身を売る仕事をしていても、身体の弱い部分を剝き出しにされ、力ずくで犯されたら、誰でも痛みや恐怖を感じる。

助けは意外なところにいた。白衣姿の男たちが声高に喚《わめ》いている。諒は塞いでいた耳と目をそっと開いた。

卑劣な男の背中と、その向こうに蔡の両足が見える。その横で白衣を着た男たちが何かを叫んでいる。

どうやら、蔡が通訳できなくなったことについて文句を言っているらしかった。

どういうやりとりがあったのかわからないが、殺し屋の男はぐったりとした蔡の身体を引きずり起こした。

「蔡ッ！」

諒が思わず叫ぶと、蔡は辛そうに身をよじらせ、長い髪と手で肌を隠した。

「…輸血をしたり、受けたりしたことは？　と聞いて、いる」

蔡は視線を合わせず、弱々しい声で男たちの質問の代弁を再開した。

「蔡は……」

大丈夫かとは問えない。大丈夫であるわけがない。

沸々とわき起こる怒りを堪え、これからいかにしてこの状況を脱するか。どうすれば逃げられるかを諒は考えた。そのための情報を集める必要がある。

「蔡が知っている限りの情報が知りたい。一緒に、ここから逃げるためにも」

蔡の表情は見えなかった。

「無理だ」というように首をうなだれたのが、蔡の返事だった。

＊

「どうして逃げるんだよ」

岩城に追いつめられた猿は身を低くして、身構えた。

「これ以上、おれになんの用だ」

「わかっているくせに」

岩城は笑った。

「諦めろよ。カイゼルのお呼びだ」

逃げる隙《すき》をうかがうが、丸腰で岩城を相手に正面突破できる自信は猿にもなかった。

「言われた通りに武器は調達した」

「ああ、そうらしいな」

「…それで、いいじゃないか！」

岩城は口の端を歪《ゆが》めた。

「冗談はなしにしようぜ。…それとも、俺がここでお前を調達しなくちゃならないんだと言おうか？」

できることなら逃げたい。逃げられるものなら…

「諦めな。お前はとっくに、関《かか》わりすぎているんだ。カイゼルに、な」

猿は岩城から視線を外し、背筋をしゃんと伸ばした。

「おれは卓上の駒《こま》ではないぞ」

「駒さ。俺もお前も…」

岩城の視線と猿の視線が、二人の間でぶつかり合った。

「………わかった。お前たちと、一緒に行けばいいのだろう」

猿は我が身を嘆くように、ビルとビルの隙間にわずかに覗く夜空を見上げた。

諒は様々な検査を受けさせられた。血液検査、検尿、身長と体重の測定。レントゲン写真を撮られ、心電図の測定もした。呼吸器機能検査やアレルギー反応検査。脳波までとられた時には、いったい何がしたいんだ？　と思った。

蔡は「やつらの目的はカイゼルを捕らえることで、リョウは【囮】にされた」と言った。だけど、囮にこんな念の入った身体検査を受けさせるものだろうか？

諒は唯々諾々と検査を受けたわけではない。だが、結果としてはそうなった。おとなしく言われた通りにするしかなかった。

蔡を…利用されたのだ。

諒が蔡の身を案じていることがわかったやつらは、卑劣な手を使った。

諒が抗《あらが》おうとすると、血の匂いのする男が蔡に暴力を振るう。

医者らしき男は非力そうで人質に取ることは可能だったが、諒が蔡との交換条件に使おうとしても、男は眉《まゆ》ひとつ動かさずに人質を見殺しにするだろう。

そうしたことは理屈ではなく、肌でわかるのだ。

だから、無駄なことはせずに…チャンスだけを諒はうかがった。

そうやって、おとなしく検査を受けた収穫はあった。

医療設備の整った建物内の間取りと、ここにいる人間の数といった推測。そして、武器にできそうな機械類やハサミのありかなども覚えた。

蔡が人質にされていなかったなら、自分一人が逃げればいいだけなら…チャンスは何度もあった。

だけど諒には、どうしても蔡を見捨てて自分だけ逃げることができなかった。

それに、これが一番大切なことだが…最後まで逃げ切れるかどうかの判断ができなかった。たとえこの建物の外へ出ることができたとしても、そこから先にどんな警備システムがあり、敵がどれだけの戦力を持っているかわからない。

確実に逃げるためには、もう少し状況を見る必要があった。

彼らが何者で、なぜカイゼルを狙っているのかもできれば知りたい。

油断なく情報を収集し、自分に有利となる隙をうかがっていたつもりなのだが…ふいにガスのようなものを吹きつけられて、諒は意識をなくした。


諒は、気がついた時にはベッドに寝ていた。

天井が遠くに見えるが、目だけしか動かせない。身体が重い。そして変な感じがする。

生きているってことは、あれは毒ガスではなかったということだ。

「……………」

少し頭がぼうっとしている。

諒は指先を動かしてみた。少し力が入りにくい。続いてつま先を動かしてみた。ちゃんと動く。

ホッとした。少なくとも四肢の腱《けん》は切られていないし骨にも異常はなさそうだ。

「気がついたか？」

ふいにいい香りがしたと思ったら、顔を覗《のぞ》き込まれた。

部屋に誰もいないと思っていた諒は驚いた。

「まだ動かない方がいい」

…蔡？　蔡なのか？

無表情に見下ろしている人物は蔡のように見えた。

しかし着ているものは高級感のあるチャイナドレスで、耳には真珠のピアスをしている。化粧をしているからわからないだけかもしれないが、殴られて赤くなっていた頬や瞼の腫れは消えていた。

「酸素を送り込むためのチューブがつけられている」

チューブ？

中国語が聞こえ、蔡の隣に白衣を着た男が立った。

「あと一時間ほどすれば麻酔が完全に抜けるだろう、と言っている」

「麻酔？」

妙に声が掠《かす》れて、喋りにくい。

「気分はどうか？ と聞いている」

「いいわけないだろ。…麻酔というのはあの時吸わされたガスか？」

「ガスのあと注射も打たれて、全身麻酔をかけられていた」

諒は大きく目を見開いた。

数々の検査、全身麻酔。そのふたつが導くものは「手術」だ。

「何をした！」と叫ぼうとしたら喉が痛み、諒は咳《せ》き込んだ。

「…何を、した？」

諒は咳き込みながら蔡を睨んだ。

「心配しなくても、何も与えられていない。少し、生きていくのには支障のない程度に体組織を採集されただけ」

体組織？

「麻酔が切れたら痛みがわかるだろう。だから、それまで、眠れる時に寝ておいた方がいい」

痛み？

それがどこなのかは、蔡が予告していたタイムリミット前にわかった。

「痛みが我慢できないようなら、薬がもらえるか頼んでみる」

「いら…ない。チューブを外してくれよ。邪魔だ」

話していることで早く麻酔が切れるのか、声が出しやすくなってきた。

背中や腰の辺りは痛いが、なんとか我慢できる。これ以上、薬だとか注射といった変なものを与えられたくなかった。

蔡を通じて頼んだ通り、チューブを外してもらうことができた。でもまだ、腕には点滴のための針が刺さったままだ。

「点滴の針も、抜いてくれ」

蔡は白衣の男と少し話してから答えた。

「それには栄養補給の他に抗生物質などの薬を投与する役目があるらしい。…麻酔の後遺症がなければ明日は粥《かゆ》が与えられるそうだ」

「俺を生かしておく気はあるってことだ？」

どうも違和感を感じると思ったら、蔡の目に力がないのだ。

焦点が合っていないというほどぼやけているわけではないが、瞳がどこを見ているのかわかりにくい。

「変な考えは起こさない方がいい。この研究所の警備は誰にも突破できない」

「システムがすごいのか？　それとも人殺し部隊でもいるっていうのか？」

ゆっくりと蔡の目が動いた。

「諦めた方がいい。ここのシステムも警備も万全だ」

「殺されるまでおとなしくしていろって？」

蔡はそれには答えず、白衣の男と何やら話し始めた。

「明日の朝、様子を見に来る。麻酔が切れたら逃げる気なんて起こらないと思うが…部屋の外には見張りがいるから無駄なことはしない方がいい」

話し方も少しおかしい。こいつは本当に蔡なのか？

「お前は…本当に蔡なのか？」

じっと見下ろしてくる瞳には無気力しか感じない。

「――好きなように呼べばいい。わたしは…偶人《オウレン》だ」

オゥレン？　諒にはなんのことかわからなかった。

蔡と白衣を着た男が部屋を出ていき、一人になると諒はゆっくり身体を起こしてみた。

頭がふらつき、吐き気がこみ上げてくる。

邪魔な点滴の針を抜こうとして、蔡が言った言葉を思い出した。

これに麻薬を入れ、廃人にすることだって彼らにはできる。だが、白衣を着た男は本物の医者で、この身体に抗生物質が本当に必要だとしたら…

迷っている間に、吐き気はますます酷くなってきた。

気のせいか、身体もだるくて重い。

自由な左手で腰へと手をやって、そこにかすかな膨らみを見つけた。

手触りからいって、包帯だろう。身につけているのは、検査着のようなもの一枚だった。

…体組織を採取された？

思い出して、ぞっとした。

ぱっと思いつくのは細胞とか血管とか骨髄液、そして精子…まさか精巣？

諒は布団を大きく剝ぐと、室内を見回した。誰もいない。どこかに監視用のカメラがあるかもしれないが、視認できない。

膝上丈の裾を、諒は腰までたくし上げた。

なんだ、これは。

それを見た瞬間、泣きそうなくらい情けない気持ちになった。

排尿のための管が取りつけられたそこを、正視するのは辛かった。

諒は迷わず管を抜いた。

麻酔がまだ残っている影響なのか、自分の動きが緩慢だ。

「これ…マズかった？」

抜いてから、諒は気がついた。トイレに行きたくなったらどうすればいいんだ？　と。

ともかく、いつまでもこのままじっとしているわけにはいかない。

諒はたくし上げた裾を戻そうとして、気がついた。

盲腸の手術だとそこの毛を剃《そ》られてしまうと聞いたことがあったが…よかった。無事残っている。

ホッとしつつ裾を戻して、天井からぶら下がった点滴を見る。

これをつけたままだとベッド周辺しか動けない。身体に必要な薬が入っているのかもしれないが、この点滴のせいでトイレに行きたくなる可能性は高い。

諒はベッドの下を見て、ゴミ箱があることに気がついた。

最悪の場合はこれか？　しかし、匂いはどうする？

諒は再度、周囲を見渡した。

ベッドヘッドにボタンらしきものがあった。患者の容態が悪くなった時、医者に緊急を知らせるベルなのかもしれない。

窓はない。出入り口のドアがひとつ。

照明はよく見かけるタイプの直管蛍光灯。シンプルなパイプベッドと、木製の台。四角い板と四本の細い木を組み合わせて作られた台には何も置かれていない。

諒はこみ上げてくる吐き気を堪えるため、口元を左手で押さえた。

身体に鈍い痛みとだるさがじわじわと広がってきた。

諒はベッドの上に突っ伏した。

…痛い。気持ちが悪い。

じっとりと嫌な汗が滲《にじ》んでくる。

「………つっ」

点滴の管を抜こうという気はなくなっていた。

ぐっと拳《こぶし》を強く握って、吐き気を堪える。

痛みが我慢できないほど強くなってきて、腰や腹部に熱源を感じた。

諒はぐっとシーツにしがみついた。

……カイゼル。

諒は祈るように心の中でその名を呼んだ。

ごめん。ドジを踏んで、ごめん。

やつらの目的は、カイゼルを捕らえること。そのための【囮】にされた。

見捨てられても文句は言えないけど…本音では助けに来て欲しい。こんなところで、わけもわからないまま殺されるのはまっぴらだ。

「…っ…ぃたい」

会い、たい。…会いたい、会いたい、会いたいっ！

カイゼルに会いたい！

何をやっているんだと、どんなに冷たく蔑《さげす》まれてもいい。口をきいてもらえなくてもいい。

傍にいることだけ、カイゼルを見つめることだけ許してもらえたら…。

「…畜生っ！」

諒は奥歯を強く嚙みしめた。

このままあいつらの言いなりになってたまるか。絶対に、ここから逃げてやる！

この時の諒は蔡の存在を綺麗さっぱり、忘れていた。

＊

「お前も試射に付き合え」

カイゼルの呼びかけに猿は身を強ばらせた。

「おれは…おれの腕はたいしたことないから適任の部下を貸しましょう」

猿は少し離れたところに控えていた自分の部下へ指で合図した。少し躊躇う様子を見せてから、屈強な体格の男は猿の傍に控えた。

「では、言い直そう。お前の射撃の腕を確認しておきたい」

猿は最後の悪足搔《わるあが》きのように、視線を揺らした。

「武器を扱っている以上、おれもひと通り試しているが…突撃部隊の一員になる気はない」

怖《お》じ気《け》づいたか、と顔に書いた樋口が話に加わった。

「数時間前にカイゼルに向かって『諒を見殺しにするのか！』と威勢のいいことを言っていたのは誰だ？」

諒が囚われているであろう場所がわかっているのに、なぜ助けに行かない！

責める口調で詰め寄った猿に、カイゼルは『まだ準備が終わっていない』と答えた。

「諒を助けたいと言ったのは、やはり口先だけか」

綺麗な顔に嘲《あざけ》りの表情を浮かべた樋口を、猿は睨みつけた。

「人には向き不向きがある。おれは誰かのように自分を過信しない」

睨み合う二人から、岩城はカイゼルへと視線を流した。

「あれ、役に立つのか？　こんな調子だとチームを組めそうにないんだけど」

「よく訓練された兵には、統率するリーダーが必要だ」

岩城も、カイゼルの声が聞こえていた猿たちも思わずというように周囲を見回した。

実際に顔を合わせるのはこれが初めてでも、お互いの力量を読みはかることができなければ生き残り続けることは難しい。そんな世界に住む男たちばかりが七人、待機している。

今回必要となる戦力としてカイゼルが揃えた男たちだ。フリーの殺し屋や、依頼次第では諜《ちよう》報員《ほういん》にも破壊工作員にもなるというプロフェッショナル。

カイゼルが整えた『準備』のひとつだ。

「彼らと我々は単独でも動ける」

必要となる武器や情報を与え、作戦指示を出しておけば、彼らは随時判断して任務を遂行することができる。

「だが……」

カイゼルの眼が猿の部下たちを捕らえる。

「あの男たちには司令官が必要だ」

頭がなければ、歩くことも腕を動かすこともできない。そんな有り様では困る。

カイゼルの言いたいことは猿にもわかった。

「無事に日本へ帰ることができたら、諒を一日貸し切りにさせてもらう。それくらいのご褒美をもらってもいいだろう？」

猿の視線を受けたカイゼルは、かすかな笑みを浮かべて樋口の方へ視線を向けた。

カイゼルが自分にどんな役目を振ったのか、樋口には改めて確認する必要はなかった。

「無事に日本へ帰ることができたら、検討してもいいですよ」

樋口は笑って、物騒なひと言を付け加えた。

「流れ弾に当たるようなことがないよう、充分気をつけるんだな」

猿の部下には、日本語でのやりとりの内容がわからなかった。

自分たちのボスが珍しく感情の変化を露わにして対峙《たいじ》している美しい男たちと、どのように付き合っていけばいいのかわからず、困惑していた。

麻酔が完全に切れる前に、諒はベッドごと部屋を移されていた。病室のようなところから、ドアに鉄格子の嵌まった窓がついている狭い部屋へ。

部屋そのものは狭いが、ここには小さな排水口と床から一メートル六十センチくらいのところに蛇口がひとつあった。

つまり、これがトイレとシャワーの代わりということだ。もちろん衝立《ついたて》もカーテンもない。体調さえ悪くなければ移送は脱出するチャンスだったが、諒は数時間前まで脂汗を滲ませてベッドの上で苦しんでいた。とてもそんな気分にはなれなかった。

時計がないため、実際にどのくらい経ったのか、諒にはわからなかったが、感覚的に数時間ほど苦しんだように思う。

「こんな辛いなんて、手術が必要なケガや病気にはなりたくないな」

ようやく麻酔が切れたのか、吐き気は治まったが、まだ腰の鈍い痛みは続いている。

カタンと音がした。諒はそちらを見た。

ドアの下に十五センチ四方の穴が開いて、容器がトレイとともに差し入れられた。どうやら食事らしい。

諒はそれを一瞥《いちべつ》しただけで壁の方を向いて横になった。

胃袋が空腹を訴えて泣いているが、何が入っているかわからないものを口にする気はなかった。

「食べないのか」

かけられた声は日本語だった。蔡の声ではない。

諒はがばっと起きて、ドアの方を見た。

男の顔半分だけが鉄格子越しに見えた。

「口に合わなくとも、食べておいた方がいい」

諒は黙って男の目を睨みつけた。

「何もおかしなものは入っとらんよ。お前を殺すつもりなら、食事に毒など入れなくてもいくらでも方法はある」

「毒以外のものかもしれないだろ？」

男の目が笑った。

「お前は、誰だよ。何が目的で俺の身体を検査する」

「お前にはまだ生きていてもらわなければ困るからな。メシを食うならその質問にも答えよう」

諒は迷った。安心して食べられる食事もそうだが、情報が喉から手が出るほどに欲しい。

ドアの鍵が開く音がした。

諒はベッドを飛び降りた。

ドアが開き、男が部屋の中に入ってきたが、その手には銃が握られていた。

「お前は…あの時の……」

蔡とドライブに出掛ける前、声をかけてきたあの男だ。着ている服が違うからか、ずいぶんと雰囲気は変わっているが間違いない。

「仲間だったのか」

この男も白衣を着ているが、医者とは限らない。

「お前は誰だ？　医者じゃないだろ？」

「医師免許は持っている。専門は神経精神科だがな」

諒は男の手元を見た。この至近距離では、いくら素人《しろうと》でも的を外すことはないだろう。

男は諒の目を見たまま、続けた。

「殺す気も、害を与えるつもりもないが、おとなしく従ってもらえぬ場合はこちらも考えがある」

諒は笑った。

「なんだ。結局は脅すのか」

はじめから取引をする気などなかったくせに。

「身体の方はどうだ？　痛みや吐き気は消えたか？」

飛びかかって銃を奪うためには、もう少し近づかなくてはならない。

「吐き気は消えた。だけど背中の傷は痛い」

「動くな！」

男の目つきが鋭くなり、諒はにじり寄るように動かしていた足を止めた。

「あんた。やっぱり医者には見えないな」

毒薬作りを趣味にしている佐恭の方が、よっぽど医者らしく見える。

「そうだろうな」

男は笑った。

「俺が持っているのは偽造免許だからな」

あっさり肯定されて、思わず諒は脱力する。

「また、あとで来る」

男がドアを閉めて姿を消したあと、諒は部屋の隅にある蛇口を捻《ひね》った。

流れ落ちる水が床に当たって跳ね、そこいらが水浸しになる。

食わなくても、水は飲まずにはいられない。

配水管にいつから溜《た》まっていたかわからない水なんて飲みたくないから、出しっぱなしにした。諒は五分と決めたカウントを、途中で三分に縮めた。喉が渇いて、我慢できなくなったからだ。

「…ふぅっ」

旨いとはいえない、ただの水だがそれでも生き返る心地がした。

空腹を水で誤魔化して、諒はベッドまで戻った。

今度こそ、ヤツの隙をついて銃を奪い取る。そして、ここから逃げる。

やつらの目的や、逃げ切れるかどうかを考えるのはあとだ。

いまでも体調は万全といえないのに、このままハンストを続けていれば体力が落ちて逃げ切れる可能性は低くなる。

「…ん？」

変わった匂いがすることに諒は気がついた。ドアの向こうから漂ってくるようだ。

毒ガスでも睡眠ガスでもなさそうだった。匂いに気づいた時にはもうそれを吸ってしまったあとだったが、体調にはなんの変化もない。強いて挙げるなら気分が少し高揚している。

ガスが完全に消えたあと、ドアが開いた。

「わしの目を見ろ」

現れたのはあのニセ医者だった。ただし、今度は自分で拳銃を持たずに、それを握らせた黒スーツの男を一人連れていた。

「さっきのはなんだよ？」

「わしの命令に従え。食事を摂るんだ」

男の目を見たまま諒が「嫌だ」と答えると相手は驚いたように顔を緊張させた。

「名前は？」

「………」

「名前と年齢を言え」

諒が男の言葉を無視するか「いやだ」と答えるかのどちらかをしているうちに、男の態度が変わった。焦り始めたのだ。

最後には「おとなしくしていろ」と言い捨てて姿を消した。

しまったと思ってみてももう遅い。柔順なフリをして男を油断させればよかった。

そう後悔しつつ、諒は逃げるための次のチャンスを待つことにした。

＊

次に食事を持ってきたのは蔡だった。

「諒。食べないと身体を壊しますよ」

「…蔡！」

前回と違い、蔡は濃紺の…しかも男性用のチャイナ服を着ていた。顔色も普通で、ちゃんと眼に力がある。

「粥を持ってきました。まだ温かいですよ」

検査着一枚で下着すら身につけていない諒は、傍にあった薄い毛布を引き寄せて腰から下にかけた。

「誰かに、命令されてきたのか？」

「…否定はしません」

「ここで日本語がわかるのは蔡とあの男だけか？」

「そうだと思います」

「蔡は…いったいどっちなんだ？　あいつらの仲間なのか？　鎖に繋がれていたり暴力を受けたりしていたのも、芝居だったのか？」

蔡は怒りと悲しみを堪えているように、唇を噛みしめて俯いた。

「蔡、本当のことを教えてくれ。知りたいんだ」

「リョウ……」

蔡は震える指先を唇に寄せた。

「わたしは…彼らにとって都合のいい偶人。人を人とも思わない研究者たちにとっては実験体であり、邪魔な敵がいる者にとっては暗殺者、そして暴力と性欲を満たしたい者にとっては手頃な獲物」

「もしかして…蔡が検査着一枚で現れたあの時は——」

「わたしが…採取されたのは……遺伝子情報を得るために必要となる…ものだけ。この身体は他の人と違うから、興味があると…」

諒は蔡に向かって頭を下げた。

「言いたくないことを言わせて、ごめん」

蔡は少し疲れたような表情で首を横に振った。

「わたしが毒味役をしますから、食べてください。心配しなくても、何も入っていないと保証します」

蔡は自ら毒味役を買って出た。

「わたしのことが信用できないのは当然ですが…本当に、これは大丈夫ですから」

「そんなことより。教えてくれ。あいつらは俺の身体を検査してどうするつもりなんだ？」

蔡はドアの方をうかがってから声をひそめた。

「これはわたしの憶測にすぎませんが…ギャレンファークという男は、カイゼルには何か秘密があると考えているようです」

ギャレンファークって誰のことだと思ったが、諒は話を先に進めた。

「秘密？　それと、俺とどう関係がある？」

「わかりませんが、何か特異体質だと思っているようです」

「特異体質？」

「彼は…他の人より、どうやら細胞の老化が緩やかなのだそうです」

諒は思わず蔡を凝視した。

「彼らがそう思い込むのも…少しわかる気がします。彼の外見はわたしが彼と会ってから、少しも変わったように見えない」

諒はカイゼルと初めて会った日のことを思い出した。

『四分の一ドイツ人というクォーターだ。それ以外の血が混じっていても不思議はないけれど』

『それ以外、って？』

『たとえば、吸血鬼…とか』

岩城のその言葉を、諒はもしかして…と思った。

『彼が本気にするような冗談はやめなさい』と樋口が岩城をたしなめていたから、やっぱり冗談か…と思ったが、たとえ一瞬でも、もしかしてと思ったのは確かだ。

ストイックに見えて実は官能的な…この世のものとは思えない生き物。それが第一印象だった。

「でも……」

諒の声が掠れた。

「だからって、どうして俺まで？」

全身麻酔をかけて、手術をしてまで細胞を採取するほど、念の入った検査をする必要がある？

「意味わからないんだけど？」

「それは…リョウがカイゼルに寵愛《ちょうあい》されているから」

蔡が本気でそれを信じているとわかって、諒は驚いた。

「寵愛っ!? そ、れって…ありえないって」

確かに、裏の仕事をする時にはカイゼルから仕事の依頼や指示を受けることがある。

そのために皇帝の間に出向くこともあるが…それは蔡が考えているような関係だからではない。

「樋口…オーナーと知り合いだったから、それで他のホストたちより目をかけてもらえているのかもしれないけど…それだけ、だから」

裏の仕事を終えたあとにねだるとキスを与えてくれるくらいだから、少しは…他の人よりは特別扱いしてもらえているのかもしれないけど。

「それはリョウがそう考えているだけのことで、カイゼルのリョウに対する寵愛ぶりは、傍で見てきたわたしの方がよく知っています」

「蔡…それって、つまり」

そういうことなのか？

「蔡があいつらに告げ口したから、俺が狙われたってことだ」

蔡はハッとしたように表情を強ばらせた。

こんな目にあったのは蔡が彼らにもたらした誤った情報が元だとわかったが、カイゼルに対して彼らが疑惑を持っているのは、また別の問題だ。

「もし、もしも…蔡の言ったように俺がカイゼルと関係したことがあったとしても、それで俺を調べるというのは変じゃないか？　伝染病じゃないんだ…か……え？」

もしかして、そういうことか？

「嘘だろ？　それこそ、嘘だ」

そんなはずない。

諒は笑った。

「蔡も知っているだろ？　もしそんなことがあるなら、俺じゃなくってカイゼルの客を調べた方がいい」

冗談のつもりでそう言ったのに、蔡は頷いた。

「わたしもそう言ってみました。オーナーでなければ、誰がどの頻度でカイゼルと過ごしているのかはわからないはずだけど…」

「はずだけど？」

諒は固唾を呑んで蔡の返事を待った。

「彼らは…時間はかかったようですが、カイゼルの客を突き止めていました」

「そ、それで？」

蔡はうっすらと唇の端に笑みを浮かべた。

「残念ながら、簡単に調査の手を伸ばすことができないひとたちばかりでした」

それは、そうだろう。

「それで？　俺を狙ったわけか？」

「詳しいことを彼らが教えてくれるわけがないでしょう。これらはわたしなりに情報を集めて分析した憶測です」

火のないところに煙は立たないはずだから、蔡の憶測がすべて的外れということもないだろう。

「…リョウ」

「え？」

「もう充分、時間は過ぎました。冷めてしまったけれど、粥を食べてくれませんか？」

真偽のほどは別として、蔡は多くの情報をくれた。諒は蔡を信じることにして、久しぶりに食べ物を口にした。

容器を空にしてから、諒は質問を再開した。

「ギャレンなんとかって、言っていたのは誰なんだ？」

「本名はギャレンファーク・アルファ・ジローグだけど、彼が何者なのかはわたしにもわからない。隆明《ロンミン》もよく知らないみたいです」

「ロンミンというのは？」

「…あの男。リョウと一緒にいた時…声をかけてきたあの男のことです」

「白衣を着ていて、日本語を話す…ニセ精神科医だと自分のことを言っていた男か？」

蔡は頷いた。

「あの男とギャレンファークという男の関係は？」

「隆明は温福《ウエンフー》大人に雇われているニセ医者で、隆明がどこからかギャレンファークを連れてきたのです。カイゼルに関する情報源にギャレンファークが関わっていると思います」

諒は一番最初に見た五人のうち、大ボスとその部下だと思った男の顔を思い出した。

「偉そうにしていた男のうち、白髪交じりの男の方がギャレンファークで背の低い方が温福か？」

蔡はそうだというように頷いた。

「その後ろにいた、白衣を着た男たちは？」

「温福の部下で、生物学と医科学の研究者です」

やはり、彼らは医者ではなかったのか。

「…また来ます」

蔡がそう囁く少し前に、諒も誰かの足音を捕らえていた。

「蔡！　俺をここから出してくれないか？」

「危険すぎます」

蔡が外へ出ると同時に誰かが話しかけてきたようで、間もなく鍵をかける音がした。

一人きりになった諒は水を飲んだ。

シャワーも浴びてさっぱりしたいところだが、水で身体を洗うのは寒いし、タオルもなければ着替えもない。

「待遇改善を要求したいな」

検査着一枚で、下着すらつけていないというのはとても心細い。

だが、薄くとも、毛布が一枚あるだけマシなのかもしれない。

諒はベッドの上に身体を横たえ、体力を温存することにした。

＊

予感がした。

それは助けを願い、必ず来てくれると信じていたせいかもしれない。

「…に、しても」

派手な爆音と振動に、諒は失笑を禁じ得なかった。

大量の爆竹でも鳴らしているのか？

「そういえば、ここって…どこなんだ？」

蔡から中国だということは聞いていたが、中国は広大な土地を持つ国だ。日本の二十六倍もの広さがあるというからオドロキだ。

「ま、いいか」

助けに来てくれた誰かに聞けばいい。

日本に帰る手段についても、なんとかなるのだろう。

諒はドアに耳をつけて外の気配をうかがった。

「せめて、俺の服がここにあったらな」

ベルトに仕込んであったワイヤーとか、靴底に隠してあったカミソリの刃だけでも、あるのとないのとでは気持ち的に違う。

裏の仕事をするまではまったく気にならなかったのに、いまはもう、服以外に武器になりそうなものを携帯していないと不安を感じるようになってしまった。

「諒！　諒ーっ！」

耳に神経を集中していた諒は自分の名を呼ぶ声に歓喜した。

「……猿…か？」

諒はドアを叩いた。

「ここだ！　ここにいる！」

ドアは鉄製で鉄格子が嵌まっている。人が体当たりしただけでは壊すことはできない。

「諒、無事か！」

鉄格子越しに猿の顔を見た諒は安堵に身体から力が抜けそうになった。

「大丈夫だ！　ここを開けてくれ！」

「念のために下がっていろ」

言われた通りにすると、機関銃のような連射音がしてドアノブが破壊された。

「諒！」

ドアが開いて、猿が飛び込んできた。

「猿！」

諒は喜びの表情を浮かべて、猿へと駆け寄った。

「諒、なんて格好をしているんだ？」

抱きついてきた諒の背を支えた猿は、反対の手で諒の裸の尻を撫でた。

「何するんだよ！」

猿の胸を突き放すようにして離れ、諒は頬を赤くした。

「こんなこと、してる場合じゃないだろ！」

猿の後ろにいる部下らしき男たちが、見てはいけないものを見てしまったように慌てて視線を外した。

「それもそうだ」

猿はすぐに表情を引き締めると、腕時計で時間を確認した。

「あと五分でこの建物から出るぞ。あの男がここに毒ガスをまく」

「毒ガスっ？」

諒が思わず叫んだ時にも、軽い振動が伝わってきた。

「爆薬？」

振動を感じたが、地震のような揺れはない。

「あれは別働隊だ。あの男が、その道のプロを七人呼び寄せた」

毒ガスをまこうとしているのが誰で、助っ人を呼んだのが誰なのかを諒が質問することはできなかった。

「ついてこい!」と言い残して猿が部屋の外へ走り出ていったからだ。

「ま、待てよ!」

こんなところに置いていかれては…と諒も走った。背中の傷がズキリと痛んだが、歯を食いしばって耐えた。

…くそ。足下がすーすーする。それに、走りづらい。

諒は下着をつけずに走っていることを、そんな場合ではないとわかっているのに強く意識した。

「あ、待て!」

侵入するとき猿たちが倒したのか、廊下に男が伸びていた。

これまで男のズボンを下ろしたことは多々あるが、まさかこんな状況で着ているものを剝ぎ取ることになるとは思わなかった。

さすがに他人の下着まで取りはしないが、ズボンと靴、それにジャケットを奪い取って身につけた。

サイズが大きく、全然合わないが、えり好みしてはいられない。

「何をぐずぐずしているんだ！」

「武器でも持っていないかと思って」

猿は諒の返事にようやく気がついたのか、余備に隠し持っていた銃を諒に渡した。

「ありがとう、猿」

心強い味方を得たように、諒は微笑んだ。

「行くぞ！」

全速力で走る猿の前後を守るように、二人ずつ部下がつくそのすぐ後ろに、諒は続いた。

——外だ！

ドアから外へ走り出た諒は、思わず自分の目を疑った。

「な、んだ—!?」

広い。

高さはないが、平屋や二階建ての建物がいくつも並んでいる。建物と建物の間隔を広くとった敷地がどこまで続いているのか、ぱっと見ただけではわからない。

「…！」

すさまじい破壊音とともに、建物のひとつが形を変えた。内側から、その一部が吹き飛ばされたのだ。

「な、なんだ…これ」

目に映るものが信じられない。これが現実のことだとは、思えなかった。

呆然と立ちつくしている諒へと、猿が引き返してきた。

「これ、本物だよな？　特殊効果音を流しているとか…そういうんじゃないよな？　猿」

「ああ現実だ。こんなことをして、あとがどうなるか…考えると恐ろしい」

「どうなるんだ？」

猿は肩をすくめた。

「それはあの男に聞けよ」

そう言ったあと、急に弱気になったようにふうっと溜息をついた。

「報復不可能なまでに叩きのめす必要があるからといって…ここまで派手にやれば、どこで新たな敵を作ることかわかったものじゃない」

「これ、カイゼルがやらせているのか？」

建物のあちこちで煙が上がっている。

「それ以外に、誰がいる」

「………」

「今回はずいぶん、愉しんでいるみたいだな」

「カイゼルも来ているのか？」

諒は辺りを見回した。

「どこにいるのかわからないが、敵のボスを追いつめているんだろう。あの男の逆鱗《げきりん》に触れたらああなるのかって感じで、気配だけで殺されそうだった」

カイゼルが追っているのはギャレンファークという男か？　それとも、温福という男の方か？

「さっき言ってた毒ガスをまく男っていうのは佐恭のことか？」

「他にいるか？　ちょうどいい実験データーが得られると喜んでいた。あれも恐ろしい男だ」

「樋口も佐恭を手伝っているのか？」

「あの綺麗な死神は別行動らしい。…諒、おれから離れるなよ」

二人を捜しに行こうと思っていた諒は猿に呼び止められた。

「どうして？」

「今回は七人、助っ人が加わっていると言っただろう？　向こうは諒の顔を写真で知っているが、諒はやつらを知らない」

つまり、味方を誤って殺す可能性があるということか。

「わかった。…わかったけど…」

「まずは逃げることだ」

諒は渋々、猿の言葉に従うことにした。

「…うわっ！」

障害物のない庭を逃げるところを突然、襲撃された。

「殺せ！」

反撃しつつ場所を移動する。

相手は一人だったのか、その場から逃げることはできたが、この先も庭を通ることは危険が高い。諒と猿一行は仕方なく、別の建物内へと入った。

「…蔡！」

その姿を階段の上に見つけた諒は、思わず駆け寄ろうとした。

「危ない！」

諒は飛びついてきた猿とともに壁に衝突した。

銃声を…聞いたような気がしたのは、気のせいではないのか？

——蔡が俺を殺そうとした？

呆然としている諒の耳に、銃声が続いた。猿の部下たちと蔡が撃ち合っているのだ。

「蔡ーっ！」

諒が叫ぶと、蔡の姿が消えた。

自分が狙われたのか、それとも猿の部下を狙っていたのか諒にはわからなかった。

「諒。逃げるぞ」

「だけど…」

「お前を連れていかないと、おれがここから離れられないんだ」

猿に引きずられながら、諒は後ろを振り返った。

蔡は…大丈夫なのだろうか？　あいつらから逃げるチャンスじゃないのだろうか？　蔡も一緒に、日本へ帰ることはできないのだろうか？

そこから先のエレベーターホールで再び銃撃戦になった。相手の中に蔡はいなかった。

「…猿」

「なんだ？」

「撃ちつくした。弾はないか？」

「ほら」

「ありがと」

諒は慣れた手つきで受け取った銃弾を装塡していった。

相手はどうやら三人だ。猿の部下たちが八人いて、猿も加えれば九人いるから装塡作業をゆっくりしても誰からも文句は出ない。

「…猿」

「なんだ？」

「腹減った」

こんな時に何を言っているんだという目で見られるのは諒も恥ずかしかった。

「だって…攫われてからほとんど何も食べてないんだ」

食べさせてもらえなかったわけでなく、安全のために食べなかったのだと猿にもわかった。

「あとで、腹いっぱい旨い中華を食べさせてやるから」

「本当か？」

「ああ、なんでも好きなものを奢ってやる」

そう言って撃った弾が最後だったのか、猿はマガジンを抜いた。

猿の隣で銃を構え、諒は敵を狙って撃った。

…ヒット！

心の中で声を上げ、続いて二人目の肩も貫いた。頭部に狙いを修正した時、ひと足早く誰かの銃が男を倒した。

最後に残った男は、どうやら逃げ出したらしい。いきなり静かになった。

「行くぞ」

辺りを警戒しながら、慎重に進む。

「ん？」

どこからか、大きな銃声が上がる。

「近いな」

相づちを打ってから、諒は聞き返した。

「ああ」

「あれ、機関銃？　もしかしてカイゼル？」

猿はちらっと諒を見てから、視線を外したまま答えた。

「ああ、間違いないだろう。おれがヤツに渡したミニミの音だ」

「ミニミ？」

「ＦＮ Ｍ２４９。62式機関銃の後継で、利便性のために小さく改良されたからか通称ミニミと呼ばれている。この機関銃はＭ16系の５・56ミリが使用できるため、Ａ国軍の特殊部隊でも使用されている優れものだ」

「Ｍ16系が使えるってことは、自動小銃とも弾のやりとりができるってことだ」

「その通り。今回は弾薬が共用できるライフルと自動小銃、二百発ベルト弾もたっぷり渡してある」

「…すごいな」

諒には説明しなかったが、この他にも猿はカイゼルから大量の武器弾薬を用意するように頼まれた。

さすがに一人で使うことは無理だろうと思っていたら、どこからか凄腕《すごうで》のプロを七人も揃えてきたというわけだ。

「俺、カイゼルに話したいことがある」

「おい、諒！」

後ろで猿の慌てる声が聞こえてきたが、諒は機関銃の音がした方へ向かって走った。

「あっちだな！」

導くように断続的に銃声が続いていた。カイゼル自身も移動しているのかもしれない。

走って、角を曲がって、階段を下り…地階の通路を走り抜けて、いつの間にか隣の建物に入っていた。

通り抜けたところには銃弾痕や、銃を手に絶命している男が残されていた。

どこだ？　どこにいる？

気が急《せ》いていたせいで、諒は警戒を怠っていた。

吹き抜けになった玄関ホールを通り過ぎようとしていた時だ。

「ぅ…！」

当たらなかったのが不思議なくらい、すぐ近くの壁に着弾した。

頭の中が一瞬にして真っ白になり、考えるより早く諒の身体は動いていた。

転がるようにその場から逃げると、銃声が三発続いた。

どさっと何かが床に落ちる音がした。

「え？」

目を開けて音のした方を見る。するとそこには目を見開き絶命した男が仰向《あおむ》けに倒れていた。隆明という男だ。その近くには、肩を撃たれた蔡が膝をついている。

「蔡！」

駆け寄ろうとして…気配を感じた。

「カイゼル！」

振り返り仰ぎ見ると、二階からホールを見下ろしているカイゼルがいた。そしてその手にはライフルがあった。

つまり、先ほどの銃声はカイゼルが撃ったものだったのだ。

「…う…」

蔡の苦しげな呻《うめ》き声を耳にして、諒はゆっくり顔の向きを変えた。蔡の肩は血で赤く染まっていた。

「蔡っ！」

「リョウ…」

蔡の眼がすがるように諒を見つめた。

「…蔡！」

諒は蔡のもとへ急いだ。蔡が伸ばしてくる腕を下からすくい上げるようにして、諒はくずれ落ちそうな蔡の身体を支えた。

「蔡、大丈夫か？」

痛みに表情を歪めてから、蔡は微笑みを浮かべた。

「大丈夫よ。ありがとう…」

蔡は少し顔の向きを変え、隆明の死を知った。その死に顔をしばらく眺めていた蔡の目から涙が溢れてきた。

「…蔡？」

心配して呼びかけた諒の声に、蔡の身体がぶるりと震えた。

「ごめんなさい。ごめんなさい…リョウ」

蔡は無事な方の左手で、諒の手をぎゅっと握りしめた。

「わたしには…どうしても逆らえなかった。あの男の命令に、どうしても逆らえなかった」

「いいんだ。…蔡、もうあいつは死んだ」

脅迫されていた内容まで知る必要はない。もう、蔡を苦しめていた男は死んだのだから、と諒が思った心の中を読んだようなタイミングで蔡は首を振った。

「違うの、リョウ。わたしは脅されていたのではなく…偶人にさせられていたの」

「その、オゥレンっていうのはなんのこと？」

「人形、よ。隆明の言いなりになる人形。ひとの形をしているけれど、心と身体を支配されていた」

「支配？　人形？　…蔡、足からも血が！」

あのカイゼルがし損じることはないだろうから、銃を手にしていた方の肩と反対の足を撃ってわざと蔡の動きを封じたのだろう。

振り返ると、カイゼルの姿はどこにもなかった。

「…隆明は、リョウのことも偶人に仕立てようとした。だけど、リョウには催眠暗示がきかなかった」

「催眠暗示？」

「そう。一度支配下に置かれると、心に反することでも隆明の命令に従ってしまう」

「蔡が俺を眠らせて攫った時も？」

蔡は頷いた。

「隆明が事前に与えた合図が揃うと、その場に隆明がいなくてもわたしはわたしでなくなってしまう…」

合図というと、あの時鳴った携帯の電子音か、それとも携帯の画面に出ていた文字か？

「リョウが、わたしと同じ偶人にならずに済んでよかった」

蔡の指が諒の頬に触れた。

…血の匂いがひときわ強くなった。

「早く、医者に診てもらわないと」

「ありがとう、リョウ」

肩と足を撃たれているのだから相当痛いはずなのに、蔡は微笑んでいた。

隆明の支配から逃れられたからだろうか。

「リョウ。…あなたに、本当のご両親がいなかったことをもっと早くに知っていればよかった」

「…蔡?」

「自分だけが不幸なわけないのに……本当にバカだった」

蔡は話したがっている。自分の過去と向き合おうとしている。

諒は蔡の身体を少しでも楽なようにと、自分の方へと寄りかからせた。

「誰よりも先にわたしを憎んだのは、わたしを産んだ母だった。わたしが…みんなとは違う身体をしていたから」

やはり、あの時見たあれは見間違えではなかったのだと諒は思った。

蔡の身体には、男と女があった。

「わたしのせいで、不幸になった。母はよくそう言っていた」

実の親を知らない諒には、こんな時何を言えばいいのかわからなかった。

母親に対する憧《あこが》れや理想は、もしかしたら同じかもしれない。でも、蔡のように実の母親に憎まれたことがない諒には蔡の気持ちが「理解できる」とは言えなかった。

「六歳の時、わたしは母に売られた。それからはずっと、ひととは違うこの身体を見せ物にされ、客を取らされた。わたしは自分の命を自分で買わなくてはならなかった。その日に口にする食べ物も、わずかばかりの自由も自分の身を売って稼がなくてはならなかった。生きるために。ただ、生きていく…それだけのために」

「蔡…」

諒の手の温《ぬく》もりを確かめるようにして、蔡は続けた。

「隠そうとしても、いつも辛い目にあう。その運命からは逃れられない。そう悲観し続けてきたけれど…カイゼルに会ってからはなぜか、他の人とは違う自分自身のことを受け入れることができるようになった」

「カイゼルと出会って？」

蔡はどこか遠くを見る眼をしてから、諒の瞳を見つめた。

「どうして気づこうとしなかったのか、自分でもわからない。わたしは幸せだったはずなのに…幸せを自分の手で摑もうとしていたのに、あの男の嘘を信じてしまった」

「あの男の嘘？」

「隆明は…わたしの母が病床にいて、わたしを捜していると言って近づいてきた。母がわたしを手放したことを後悔して、死ぬ前に一度でいいから会いたいと言って泣いていると…そんな甘い言葉に騙《だま》されてしまった」

騙されたというからには、蔡が信じた母との再会は嘘だったということだ。

諒には蔡が味わった絶望がわかる気がした。

「俺には、わかる。蔡と違って、本当の親のことは何も知らないけど、俺も…俺を捨てたことを後悔したと言って母親が迎えに来てくれる日のことを夢見ていたことがある」

「そう。そんなところまで同じなのね、わたしたち」

諒は蔡の目を見ながら頷いた。

蔡のことを恨んだり、憎んだりする気持ちは少しもなかった。蔡の心に共鳴し、自分のことのように悲しかった。

「夢を与えられ、それを奪われてできた心の隙間にするりとあの男が潜り込んできた。わたしの心の弱さが、わたしを偶人にしてしまった」

「蔡が悪いんじゃない。蔡のせいなんかじゃない」

蔡は寂しげに微笑んだ。

「ありがとう、リョウ。…でも、やはりわたしにも責任がある。自由を奪われ、操り人形にされていてもその間のことを覚えていたから、カイゼルを狙う者がいるとわたしは知っていた。でも、警告はできなかった。リョウが捕らえられ、手術室に連れていかれた時にギャレンファークの目的を初めて知ったけれど、リョウを助けることはできなかった」

諒はただ、首を横へ振った。言葉でどんなに否定しても、蔡は耳を傾けないだろう。

「もう、いい。…話はあとで聞くから、ここから逃げよう」

出血多量を心配するほどではないが、二ヵ所も撃たれているのだ。早く医者に…せめて、佐恭に傷を診てもらった方がいい。

「立てるか？　蔡」

座った姿勢から一緒に立ち上がろうとしたのがまずかったのか、諒はよろけた。蔡と自分の体格差を計算に入れていなかったのだ。

先に立ち上がってから、諒は蔡に手を貸そうとした。

――――！

何が起こったのかわからなかったが、身体は銃声に反応していた。

諒はとっさに身を低くした。

「大丈夫か！　諒！」

――猿？

素早く視線を巡らせるが、猿を先頭に猿の部下たちが駆け寄ってくる姿しか見えない。

「…蔡ッ！」

ぐったりと身を投げ出している蔡に、諒は飛びついた。

嘘だ！　どこを撃たれた？

慌ただしく蔡の身体を抱き上げて確認すると、胸に赤い血の花が咲いていた。

「蔡ーっ！」

諒の叫び声に、閉じていた瞼がぴくりと震えた。

「ダメだ、蔡。目を開けて！　目を開けて！」

睫がゆっくり動いて、蔡の黒くて綺麗な瞳が現れた。

「……リョウ」

なぜか、蔡は微笑んでいた。

「天罰ね」

「違う！　蔡は悪くない！」

「わたしは…毎日が不安だった。明日になれば、いま現実だと思っていることはすべて夢で、絶望の中で目覚めるわたしがいる」

蔡の声は弱々しかったが、蔡の温かな身体を抱き寄せる諒の耳にはちゃんと届いていた。

「…不安で、いつか悪いことが起きる。こんなに自由でいられるわけがない。そう思っていた」

「蔡…喋るな。喋らないで！」

和泉《いずみ》が逝《い》った時のことを、諒は一瞬にして思い出した。

縁起でもない、と諒は首を強く振った。

「カイゼルと会って、ムーンパレスで働くようになった。こんなわたしに会いに来てくれる人が多くいたというのに…信じられなかった。わたしは…幸せになってはいけなかったから」

「そんなことない！　そんなこと、ないよ！」

「リョウ。あなたは疑ってはダメよ。どんなに幸せでも、どんなに辛いことがあっても…カイゼルを信じなさい」

「わかった。わかったから…」

「それでもし裏切られたとしても、最後まで笑うの。笑って、自分が幸せだと思えば、他の人がどんなに不幸だと思っても、本人にとっては幸せだということだから」

蔡が覚悟を決めていることが諒にはわかった。

「わたしは…ダメだった。幸せになりたいと思っていたのに、誰のことも信じられなかった。…いつか裏切られる。そう、疑ってばかりいた。…自分を守ることばかり考えて、心を閉ざしていた」

諒の頬に堪え切れない涙が伝い落ちた。

「リョウ。あなたが羨ましかった。誰のことも必要としていないカイゼルが、あなただけは特別で…大切にしている。あなたもカイゼルのことだけをずっと想い続けている」

涙声が出てしまいそうで、諒はぐっと唇を噛みしめた。

「羨ましかった。…本当に。あなたたちの関係が、いつしかわたしにとっての真実で、いつの間にか…わたしにとってもあなたは特別なひとになった」

蔡の瞳の力が少し弱くなったことに諒は気づいた。

「リョウが見つめているのは、わたしではない。だけど、リョウの想いは…わたしの宝物のように、思えた。だから…欲しかった。ずっと、欲しかった」

逝かないで！

諒は蔡の手をぎゅっと握りしめた。

「…リョウ。お願いだから、信じて。あなたは幸せに、なれる。幸せに…なって欲しい。わた、しの…ぶんも……」

「――蔡っ！」

すうっと閉じかけた目が少し開いた。蔡の胸はずっと、苦しげに上下している。

「…わ、すれ、ない…で……」

それが蔡の最後の言葉だった。

「蔡…どうして……！」

どうして、微笑んでいるんだよ？　どうして和泉みたいに逝ってしまうんだよ！

「蔡ーっ！」

自分のしたことが間違いだったのではないかと、猿は青ざめながら二人を見ていた。

「――諒」

カイゼルの声に、諒は涙で濡れた顔を上げた。

「カイゼル！」

蔡が……！　と言う必要はなかった。

ゆっくり、確かな足取りでカイゼルが蔡に近寄った。

「……………」

手にしていた銃を床に置いて、カイゼルは蔡の黒髪を頬からそっと払った。

蔡の死に顔を見てカイゼルが何を思うのか、何を考えているのか…諒はじっとその横顔を見つめた。

「──護《まも》って、やれなかったな」

カイゼルのその呟きを耳にした瞬間、諒は大声を張り上げて泣きたくなった。

「なぜ撃った！　なぜ蔡を殺したんだ！」

諒のやるせない怒りは猿へ向かった。

「なぜ蔡を殺したんだ！」

猿は黙って、諒が責める言葉を受け止めた。

先に蔡が諒を狙って撃ってきたのを見ていたから、敵だと判断してとっさに撃ってしまった。

ちょうど猿がやってきた時、揉み合っていた二人が離れたように見えたのだ。

諒が危ない！　気がついた時には、撃っていた。

……猿はそんな言い訳を口にすることなく、黙って諒の怨嗟《えんさ》の声を聞いた。哀切にむせび泣く諒を見つめた。

「蔡は連れていく」

「カイゼル……」

諒が振り返ると、カイゼルが蔡を腕に抱き上げていた。

カイゼルの両腕が、蔡を抱いている。つまり、カイゼルが銃を手放したということになる。

「敵が…まだいるかもしれない！」

だから、俺が…！

「その必要はない」

カイゼルに警護を断られた諒はショックを受けた。

「蔡はお前に笑顔だけを覚えていて欲しかったのだろう」

苦しまなかったはずはないのに、蔡は最後に微笑んで逝った。

「……カイゼル。わかった、よ」

諒は最後の別れを告げるため、カイゼルの腕に抱かれた蔡に近寄った。

「…………」

胸に鉛を呑み込んだみたいだ。

何を言えばいいのだろうかと、諒は言葉を探した。

「蔡……」

最後に託された、蔡の言葉を思い出した。

「忘れない。蔡。俺は忘れないから…」

信じること。幸せだと思うこと。疑わないこと。そして、最後まで…笑うこと。

「笑って、幸せになる。約束するよ」

カイゼルがしたように、諒も蔡の黒髪に触れた。

「……おやすみ」

諒はカイゼルを見上げて、小さく頷いた。


カイゼルが蔡をどこへ連れていくのかわからなかったが、そこは蔡にとって…もう誰に脅かされることもなく、苦しむこともないところだと…諒は信じていた。

エピローグ

逃げ場をなくした侵入者は、恐怖に怯えていた。

殺さないで欲しいと命乞《いのちご》いされていれば、殺していた。

だが、紅《あか》い唇を震わせながら蔡が紡いだ言葉は「……殺して」だった。

死を恐れているくせに、死がもたらす解放を望んでいる。

死にたがっている者をあっさり死なせてやるほどカイゼルは親切ではなかった。

心が弱っていたため、暗示をかけて過去を探り、取り込むことはたやすかった。

小さな夢を与え、手元に置いて飼ってみると長い黒髪の死天使は美しい声で唄《うた》い、寂しげに微笑んだ。

蔡とベッドをともにしたことのある男も、蔡の唄声と寂しげな笑顔に惹《ひ》かれたのだろう。

カイゼルは蔡がいなくなって初めて、美味しい紅茶を淹れてくれる者を失ったことに気がついた。たわいもない言葉遊びに興じつつ、紅茶を愉しむ時間はカイゼルにとってもひとときの安らぎだった。

「少し、目を離してしまったばかりに……」

死はいつも身近にあったが、カイゼルが失った者を悼むことはあまりなかった。


「樋口。あれ…。あの着信音、なんだっけ？」

諒と街を歩いている途中、そう尋ねられた樋口は携帯電話をスーツの内ポケットから取り出した男の方をちらりと見た。

「確か、クラシックだったと思うけど…」

そう呟く諒と同じように、樋口も首を傾げた。

「僕も聞き覚えがあるけど、なんだったかな。ショパンとかモーツァルトといった有名作曲家が作った子守唄じゃなかったかな」

「そう…」

「あの着信音がどうかしたのか？」

諒は首を横に振った。

「なんでもない。ちょっと、気になっただけだ」

蔡が亡くなったことは諒も知っている。

だが、その理由は…樋口が他のホストたちにした説明と同じように…交通事故だと思っている。

休暇中、実家へ戻った先で交通事故にあい、即死だった…と。

諒はショックを受けていたが、いつまでも蔡の死に囚われていることはなかった。

「美術館なんて、久しぶりだ」

諒の笑顔に樋口も笑顔を返した。

「今回は絵画だけでなく、王妃が実際に使用していたティーカップやドレス、宝石なども展示されているから諒も飽きないだろうと思うよ」

「なんて言って、カップの前にずっと立っているのはナシ、だからな」

先に釘《くぎ》を刺されてしまった樋口は苦笑した。

「わかった。気をつけるよ」

カイゼルは諒に催眠暗示をかけた。蔡が自分を攫う手伝いをしたことも、操られていたことも、その死に顔も諒は覚えていなかった。

カイゼルが消したのだ、諒の記憶を。

佐恭は「どういうつもりなんだ!」と怒っていた。

無理に記憶を消して、つじつまを合わせようとしてもいつかはボロが出る。そんなことをしても諒のためにはならない、と。

樋口も、傷と向き合わなければ癒《いや》すことができないと知っている。

毎日、鏡を見ているから。

――そう、過去に傷を持つ者にはわかる。

「樋口？　どうしたんだ？　のんびり歩いていたら、カップを鑑賞する時間がなくなるよ」

「そうだね。行こう」

我々の行き先は決まっている。それが少し早いか、遅いかの違いだけだ………

小夜鳴鳥

あなたと出会い、わたしの世界は変わった
あなたと出会う前の、わたしの世界は灰色
あなたと出会って、わたしは夜を恐れなくなった
あなたと出会った、それがわたしの幸せ
わたしは籠《かご》の中の鳥でいい
なのに、どうして…わたしは籠から飛び出した？
わたしの羽はもう、空を飛ぶ力はないと知っていたはずなのに

1

諒《りょう》は夜の街で身を売るホストになる前、仕事をいくつも変えながら満たされぬ思いを抱えて生きていた。自分でも何をしたいのか。これから先、どうなるのかと自問自答してみたとも一度や二度ではない。

生きていくためには金が必要。それだけはハッキリしていた。そして、誰《だれ》にも頼れないこともハッキリわかっていた。

誰も、自分を助けてはくれない。だけど誰の面倒も見なくていい。自分のことだけ考えていればいい。自由だ。完全なる自由。

…そのはずなのに、どうして壁に穴を開けているのだろう?

電気ドリルを壁に押しつけ、一生懸命穴を開けようとしている。

なぜこんなことをしているのか…自分でもわからない。わかっているのは、自分がこの壁に穴を開けようとしていることだけ。

ガガガガ…とすさまじい音とともに、手に不快な振動が伝わる。ドリルを握った手から全身へ振動は伝わっていく。さらにすさまじい音は耳から頭を攻撃してくる。

ガンガンと頭が痛い。激しい振動で痺《しび》れるように身体《からだ》も揺れている。

なんでドリルで穴を開けているのだろう？

バイト先がすぐ見つからなかった時でも、道路工事や建築現場で働こうなんて思ったことはない。

ガガガガガ……。うるさい！　ガガガガガガガガガ……。

なんでこんなことしてんだよ。なんでこんなことしなくちゃいけないんだよ。ああ、もう、うるさいッ……！

叫んだ時、ぱちりと目が開いた。

ガガガガガ……ガガガガガガガ……。

見慣れた天井。カーテン越しに感じる明るさ。顔の向きを変えて、諒は時間を確認した。

「………」

九時十分過ぎを針は示していた。

ガガガガガ……ガガガガガガガ……。

「…………」

ベッドから振動が、身体に伝わっている。

「なん、だよ…これ？」

夢の中で聞いたドリルで壁に穴を開ける音は、現実のものだった。

ただし、穴を開けているのは自分じゃない。

「くっそー、こんな朝っぱらから！」

諒が寝たのは午前五時過ぎ。まだ眠い。まだ寝ていられる。なのに、この騒音と振動の中ではさすがに眠れそうにない。

「隣か？　いったい何やってんだよ！」

不機嫌そのものの顔でベッドを抜け出し、ジーンズを履き、シャツを羽織る。釦《ボタン》を留めながら寝室を出て、玄関のドアを開ける前に手ぐしで髪を梳《す》く。それから、諒は隣室へ怒鳴り込みに行った。

＊

ふぁあと何度目になるかわからないあくびをしてから、諒は車のキーを抜いた。

諒はいつもより五時間も早くムーンパレスに来た。さすがにこんな時間では、駐車場に停《と》まっている車も少ない。

「あれ？　樋口《ひぐち》、もう来てるのか？」

オーナーである樋口が何時から出勤しているのか、これまで気にしたことはなかった。

「…ずいぶんと早いんだな。いつもこんなに早いのか？」

ふぅん？　と思いながら諒はロータス・エスプリの横を通り過ぎた。

「おはよう」

オーナー室へ顔を出した諒に、樋口は驚いた顔をした。門《ゲート》を通る車はすべてチェックされ、誰が何時に来たのかオーナー室にいる樋口にはわかるようになっていたが、片時もパソコンの前を離れずにいるのは、人間である限り無理だった。

「おはよう、諒。どうかした？　今日はずいぶんと早いけど？」

樋口は驚きを隠さず、諒に尋ねた。

「電気ドリルの音で起こされたんだ」

「電気ドリル？」

「朝っぱらから隣の部屋で改装工事をしてて…」

ふぁふと諒はあくびを挟んでから続けた。

「堪《たま》らないよ。今日から三日間の予定だなんて言いやがった」

隣室に怒鳴り込みに行った時、工事を請け負った業者の態度は無愛想だった。工事を依頼した隣人をなんとか電話で呼び出してもらって文句を言ってみたものの、一週間以上も前から知らせようとしていたがいつも留守だったと開き直ったような返事。サラリーマンとホストである諒の生活時間帯がすれ違っていたため、捕まえることができなかったようなのだが、隣は長期の留守だと判断したという。

「仕方ないから、ここで仮眠を取らせてもらおうと早く来たんだ」

諒に与えられている部屋にはベッドがある。眠るためのものではないが、今日から三日間だけなら特別に許してもらえるのではないかと思ったのだ。

「それはかまわないけれど…けじめがつかなくなるようなことだけはダメだからね」

「もちろん、わかってる。睡眠不足を解消するため、今日を含めた三日間だけって約束する」

それならよろしい、というように樋口は頷《うなず》いた。

「ありがとう、樋口。いや、オーナー。…ついでに今日の予定を教えてもらってもいいかな?」

「リョウの今日の予定は…」

パソコンを操作して、樋口はリョウの予約状況を確認した。

「十九時から鳥越《とりごえ》様、二時間。二十一時半から山科《やましな》様、一時間半。二十三時半から岩室《いわむろ》様二時間半」

「飛び入りはナシ、と」

「入れてもいいなら、一人頼みたいな。ＳＥＸ抜きの仕事だから、楽だよ？」

「何時から？」

「十四時から三時間」

「三時間も？」

仮眠をとる時間が短くなってしまうが興味が沸いた。

「初めての客、じゃないよな？　誰の客？」

「蔡《サイ》のお客様なんだけれどね、どうしても都合がつかなくて…でも、断るのも躊躇《ためら》われて、どうしようかと思っていたところなんだ」

「無理っ！」

諒は叫んだ。

「蔡の代理なんて、絶対に無理！」

「そうかな？　リョウなら大丈夫だと思うんだけれどな」

あ、やばいと諒は思った。こんなふうににんまり笑っている樋口は、もうこの仕事をリョウに任せてしまおうと決めてしまったということだ。

「ダメだったら！　俺にはムーンパレスのナンバーツーの代理なんて、怖くてできないよ！」

万が一のことがあったら、蔡に迷惑がかかってしまう。

「丹羽《たんば》様はえり好みの激しい方だけど、気むずかしくはないから」

客の名前を聞いてしまった諒はじっとりと恨めしげに樋口を見た。

ムーンパレスのホストは、口が堅いことを絶対条件にしているが…それと同時に賢くなければ勤まらない。世事に明るいのはもちろんのこと、海外からのVIPをもてなすこともあるため教養豊かで、客が何を求めているか瞬時に読み取ることができる察しのよさも必要だ。

「なにも…聞かなかったことにできない？」

「できないね」

にっこりと微笑《ほほえ》む樋口に、諒はがっくりと肩を落とした。


今日は厄日だとまで思った諒だったが、指定された時間に待ち合わせ場所で丹羽氏と会ってすぐ、なんとかなるかも…と感じた。

丹羽氏は事前に顔写真を見せてもらって、感じた通りの好々爺《こうこうや》だった。毎月のように蔡と散歩をしたり、ご飯を食べたりしているのだと丹羽氏は笑いながら言った。

はじめにSEX抜きと聞いていた通り、この老人が求めているのは話し相手と傍《そば》で微笑んでいてくれる者、だった。だったら何もホストでなくても…と思うかもしれない。だけど、このご老人はバイらしく、綺麗《きれい》な男の子もかなり好きそうだった。

二十五歳にもなって男の子扱いされるのは気恥ずかしさを感じたが、自分の三倍は生きている相手の前では何も言えなかった。

「よい、天気じゃな」

「はい」と応《こた》えて諒は微笑みかけた。

丹羽氏と一緒に料亭でご飯を食べて、なかなかの広さがある日本庭園をゆっくり散歩する。丹羽氏は杖《つえ》をついていたが、足下はまだまだしっかりしていた。

「御前《ごぜん》…」

お付きの男が控えめな声をかけた時、諒はなんだろ？　と思ってしまった。

「もう、そんな時間か」

残念そうに丹羽氏が呟《つぶや》くのを聞いて、予約時間が終わるのだと気がついた。あっという間に過ぎていったと感じた三時間だった。

「楽しかったよ」と最後に言ってもらえて、諒は満足感を胸にムーンパレスへ戻った。

誰かに求められることが諒は好きだった。だから、この仕事を続けているといってもいい。

誰かといっても、相手の年齢は年寄りよりも若い方がいい。その方が熱い肌を重ねて抱き合い、快楽に身を委《ゆだ》ねることができるから。

だけど、ただ穏やかな時間を過ごすこともたまにはいい。そんなことを思いながら、諒はオーナー室で報告をした。

「まず簡単な自己紹介をして、料亭で一緒に食事を摂《と》りました。そのあと部屋でいろいろな話を聞かせてもらって、日本庭園を散歩しました」

丹羽氏はとても話し上手で、企業家として世界を飛び回っていた現役時代の話は、諒にもとても楽しめた。

「そう。…蔡の予約が取れない時は、また君を指名したいとおっしゃっておられたよ」

「ありがとうございます」

それは諒にとっては最上級の褒め言葉だった。

「諒、仕事の前にカイゼルの部屋に行ってくれないか」

樋口が自分の名前を呼ぶイントネーションを変えたことに、諒はすぐ気がついた。さっと表情を引き締めて問う。

「(裏の)仕事?」

樋口は頷いて「今すぐ行ってくれないか」と続けた。諒も頷きを返し、腕時計を見て時間を確認してからオーナー室をあとにした。

2

ムーンパレスの最上階にある皇帝の間へと諒は向かった。カイゼルに会えると思うと胸が高鳴る。それだけではない。最近裏の仕事が少なくなってきていたため、久しぶりに声がかかったことを嬉《うれ》しく感じた。

諒はそんな自分の心の闇《やみ》に気がつき、陰を含んだ笑みを浮かべた。

人の命を奪うこと。それは罪悪だとわかっているはずなのに…普通の生活をしているだけでは時折喉《のど》が渇く。人を殺《あや》めることが自分の日常のひとつに組み込まれてしまっていて、長期間それをしないと心が軋《きし》む。不安定な均衡を求めるなんて、心が病んでしまっている。

求める。…そう、求めていると同時に求められている。

求められることは嬉しい。闇に落ち、彼の闇の中でともに生きていられることがとても嬉しい。

壮麗な部屋の扉をノックする前に、諒は深呼吸した。そしていざノックしようとした手を途中で止めたのは、身だしなみのチェックをしていなかったと気がついたからだ。

あたふたと手櫛《てぐし》で髪を梳いて整え、服装の乱れがないかを確認し、自分が臭くないかを気にするように袖口《そでぐち》を鼻に当てて匂《にお》いを嗅《か》いだところでくすっと笑う声が聞こえてきた。

えっ？

驚いて顔の向きを変えた諒は、思わず顔を赤くした。

「蔡っ！」

いつの間に蔡がそこに来たのか、その気配にまったく気がつかなかった。扉を開ける音は聞こえなかったから部屋から廊下へ出たのではなく、恐らく諒の後ろを歩いてきたということだ。蔡の部屋はカイゼルの部屋の隣にあったから、ここで何をしているのですか？と聞くのはおかしい。

「カイゼルに呼ばれたの？」

「…はい」

「そう」

妖《あや》しく微笑みながら、蔡が近づいてくる。諒は蔡の艶《つや》やかな姿をうっとりと見つめた。

「お客様の、お見送りですか？」

何か言わなくては…と焦りつつ諒が口にしたのはそんなつまらない台詞《せりふ》だった。蔡はそれには答えず、慈愛に満ちた笑みを浮かべた。

「オーナーから聞きました。今日はリョウに助けてもらったみたいですね」

涼は背筋をピンと伸ばした。急な代役を引き受けたことを、もう蔡は知っているのだ。

「ありがとう」

「い、いえ…こちらこそ、ありがとうございました」

蔡の代役では荷が重いと思ったけれど、楽しい仕事をさせてもらえたと思っている。

「ところで、リョウ。丹羽様はお元気そうでした？　なにか変わったところはなかったですか？」

「変わったこと？　…特には……。初めて会った方だから、変わったところと聞かれても…」

「そう。それならいいのよ。…ごめんなさい」

「何か、気になることでも？　蔡」

蔡は少し躊躇うように黙ってから、小さく頷いた。

「これまで、当日の指名など入れたことがない方だったから…」

蔡はごめんなさいね、というように微笑みを浮かべた。

「お礼代わりに、次の休みにお茶でもどう？　リョウ」

次の休みにとは、外で会おうという誘いなのか？

「お礼だなんて…そんなの…。俺の方こそ、いい仕事をさせてもらったというか…」

美味《おい》しいものを食べて、楽しい話を聞かせてもらった。確かに、蔡の大切なお客様だと思うと気は抜けなかったけれど…それだって、仕事なのだから客に気を配るのは当然のことだ。

「可愛《かわい》いリョウをデートに誘う口実にしているだけだから、受けてもらえると嬉しいわね」

どこまで本気なのかわからないが、蔡は時々口説《くど》くようなことを言う。

「さ、蔡…。いつも言ってるけど可愛い、は勘弁して欲しい…」

年下だし、身長も負けているし、同じホストといってもランクなんて比べものにならないけど…それでも可愛いなんて言葉が似合わないことは自分が一番よくわかっている。

蔡は艶笑《えんしょう》してから、もう行っていいわよというように手を動かした。

「引き止めて悪かったわね。リョウ。カイゼルが待っているのでしょう?」

諒はハッとして、扉の方を見た。

「ええと…それじゃあ」

「ええ、またあとで…」

今度こそドアをノックして、諒は室内に入った。そして、ただひとつの姿を求めて視線を素早く動かした。

どきっと心臓が跳ねる。探していた姿を眼《め》にして。

「…………」

皇帝《カイゼル》と二つ名で呼ばれる、諒の支配者。諒の運命。諒の命そのもの。

「…………………」

その燦爛《さんらん》と輝くオーラ。絶対者としての存在感。心が、無意識のうちに傅《かしず》く。いつでも、初めて出会った時と同じように魂が感銘に震える。

優美な足取りで近づいてくるカイゼルの美しさに魅入られたしもべのように、諒は立ちつくした。

神秘的なブルーグレイの双眸《そうぼう》に射抜かれ、諒は息を呑《の》んだ。

「………」

ふっとカイゼルが身に纏《まと》う雰囲気が柔らかく変化した。怜悧《れいり》な美貌《びぼう》に微笑みが浮かんだことに気がつき、諒はただそれだけで頬《ほお》をうっすらと赤くした。

カイゼルは突然身を翻した。身体の向きを変える直前こちらへ来い、と視線で呼ばれた気がした諒は、カイゼルの背に吸い寄せられたように追いかける。

「仕事だ」

そのひと言を聞いて突如諒の表情が引き締まり、黒曜石のような瞳《ひとみ》に強い光が宿った。

「今回も一人でできる仕事だ。殺《や》る相手は一人」

諒は小さく頷いた。

「依頼人の希望で、通り魔の犯行に見せかけて殺ったあと、死に顔を写真に撮ってくるように」

「え？　写真を、撮るのか？」

「そうだ」

諒はしばらく黙った。

「ずいぶんと恨みを買っているんだな、そいつは」

「これが今回のターゲットだ」

カイゼルから渡されたメモを受け取り、諒は素早く眼を走らせた。そこには男の名前と年齢、職業、住所といった個人情報の他《ほか》に隠し撮りされたのだろう写真が数枚添付されていた。

「写真だけど…携帯で撮ったものでもいいのか？」

予想された質問だったのか、カイゼルは即座に答えた。

「かまわないそうだ」

「それはよかった」

余計な荷物を増やさずに済む。

「通り魔に見せかける、ということは…今回はナイフの方がいいのか？」

「獲物(凶器)は任せる。今回の犯行は夜ではなく、明るいうちにした方がいいだろう」

写真を撮る必要があるからだな。

「わかった」

フラッシュを焚《た》かなくても写真を撮ることのできる時間帯。なおかつ、目撃者を作らない場を慎重に選ばなくてはならない。天気という、不確定要素も考慮しなくてはならないし。

「期限は？」

「今日から一ヵ月以内」

諒は驚いた。

「そんなに、ゆっくりでいいのか？」

死に顔を見たいほど激しく恨んでいる相手なら、一日でも早く殺して欲しいのではないかと思ったのに。

「確実に仕留めてくれるなら、急ぐ必要はないらしい」

諒は思わず唇の端を歪《ゆが》めた。

「確実に、ね？」

私怨《しえん》で初めて人を殺した時でさえ、し損じることとなんてなかった。あれから何人の命を絶ってきたか。一度だって失敗したことなんてない。

「いつ、どこでどんなふうに殺るか、しばらくターゲットのことを調べてから決める」

毎日の行動パターンや通勤ルート。趣味や休日の過ごし方などがわかれば自《おの》ずといつどこで殺せばいいのか、場が決まる。

任せたというようにカイゼルが頷き、眼で「もう行け」と命じられた。

「…じゃあ」

立ち去る前に諒はゆっくり、鼻から息を吸い込んだ。カイゼルが身につけているコロンの仄《ほの》かな香りを記憶に刻み、諒は部屋をあとにした。

＊

さぁて、と…。そろそろ、来週辺り、殺るかな。

そう思いながら諒は住宅地を縫う細い道路を、幹線道路へ向かって歩いていた。

ターゲットの男を何日も尾行し、行動パターンを調べ、殺るならここだなという場所の目星をつけた。今回使うのはホームセンターなどで売っているサバイバル用ナイフだ。

小売店のほとんどは購入記録（レジ打ち）の効率化と売上動向データを分析して仕入れや販売効率を上げるために、ＰＯＳ（Point Of Sales）システムを導入しているため、いつ、何が売れたかという記録が店側に残っている。

警察でもそれを手がかりにして犯人の捜索を行っているが、大きな組織には長所と欠点がある。諒は今回の仕事のために使用するナイフを都内ではなく、百キロほど離れた場所で買ってきた。これだけで警察の捜査効率はぐんと悪くなる。管轄内にあるホームセンターで同じ型のナイフを買った人物を特定することから彼らは始めるからだ。

幹線道路を駅へと向かって歩いていると、飲食店や雑貨、美容院といった店が軒を並べるようになる。色とりどりの花を咲かせた鉢や切り花が並ぶ花屋の前を通りかかった時、諒は店内から出てきた人物とぶつかりそうになって驚いた。

「リョウ!?」

さらに驚いたことに、相手は蔡だった。

「蔡っ? どうしたのですか?」

諒の視線は素早く、蔡が手にしていた花束へと落ちた。菊の花束。それはどう見ても葬式用、あるいは墓参り用の花だった。

「これは…」

花を見てから、蔡は少し寂しそうな顔をして諒の瞳を見つめた。

「リョウ。このあと、何か予定ある?」

「え?」

「一時間くらい、わたしに付き合ってもらえない?」

「それは…いいですけど」

「よかった」

蔡はにっこり微笑むと、するりと諒の腕に手を絡めてきた。

「さ、蔡?」

「ん? 嫌?」

すぐ近くに、蔡の綺麗な顔がある。諒は蔡が身につけている上品な香りに包まれながら、蔡と触れ合っているところから体温が伝わることにドキマギした。

「嫌、ではないですけど…。どこへ行くんですか?」

「すぐ近くよ」

蔡はそう言うと歩き出した。蔡の漆黒の髪は腰に届くほど長く、近くで見なければ男二人が腕を組んで歩いているとは思わないだろう。蔡はムーンパレスにいる時と違って男性用のチャイナ服を着ていたが、彼の美しさは女性のそれのように繊細で優美だった。

道路を渡った反対側。何度か角を曲がった先に、ひときわ立派な山門が現れた。

「お寺?」

山門脇《わき》の柱に、墨で寺の名前が書いてある大きな一枚板がかかっている。

「ええ…」

するりと蔡の手が離れていった。

「丹羽様が…先週、亡くなられたのよ」

諒は驚いた。

「嘘《うそ》…。だって…」

あれからまだひと月にもならない。

「なんで？」

「丹羽様は余命二年と宣告された膵臓癌《すいぞうがん》だったけれど、免疫療法を続けた甲斐《かい》あって腫瘍《しゅよう》が小さくなってきていて、このまま上手くいけば消失するかもしれないと前回お会いしたときには聞いていたの」

蔡の代理で三時間会っただけの関係だから仕方ないが、諒はあの老人が死の宣告を受けていたことをまったく感じ取れずにいた。

「……お元気、そうだったのに…」

食事の量が少ないのも、高齢だから。肌にシミが多く、声に張りがないのも高齢だから。そんなふうにしか思わなかった。

「多分、諒が会った時の丹羽様はお元気だったと思うわ。あの方が亡くなられた原因は癌ではなく、肺炎だったから」

「肺炎…」

「そう。免疫力が低下し、病原菌が肺で炎症を起こす病気」

諒の客のほとんどは若かった。せいぜい四十代前半までで、病気をしたという話を聞いてもみんな完治していた。

「リョウには迷惑なだけかもしれないけれど…ここで会ったのも縁だと思って、一緒にお墓参りに付き合って欲しいの」

「それは…かまわないですけど…」

諒は思わず蔡と自分の格好を確認した。

「喪服でなくていいんですか？」

蔡は静かに微笑んだ。

「黒い服なんて陰気なだけだから、きっと彼も喜ばないと思うわ」

「…そう、ですね」

一度だけしか会わなかった人だが、黒い服で喪に服していなくてもあの老人ならば気持ちを汲《く》み取ってくれると思った。

「それじゃあ、行きましょうか」

境内に入ると、すぐに庭掃除をしていたお坊さんに声をかけられた。二人の格好が墓参りにはふさわしくないと内心で思っていたとしても、彼は穏やかな表情のまま丹羽氏の眠る場所を教えてくれた。

「あ、あそこですね」

一週間前に亡くなったということは、この墓地に埋葬されたのはそれよりもっとあと。最近のことになる。供えられた花はまだ枯れておらず、卒塔婆《そとば》に書かれた戒名の墨もくっきりハッキリしていた。

「丹羽様…」

蔡は花を供え、両手を静かに合わせた。しばらく語りかけるような沈黙に続いて、諒は蔡に墓前を譲られ同じように手を合わせた。

「………」

こんなふうに手を合わせるのは、久しぶりだった。両親を亡くしてから…もうどれほど長く両手を合わせていなかっただろう。

老人には悪いが、墓の前で諒の心に去来したのは今は亡き両親に対する懺悔《ざんげ》だった。すでに亡くなった者は何も感じない。墓参りも残された者の感傷を癒《いや》す、生きた者に必要なセレモニーでしかない。だから、葬式のあと…彼らの墓へ足を運んだのは一度だけだ。彼らを陥れ、殺した卑劣なやつらを自分の手にかけて地獄へ送ったことを報告した時だけ。

あれから…ずいぶん長い時が流れたような気がする。

いまや人の命を奪う仕事をしている自分が、こうやって墓の前で手を合わせるなんて…偽善だと誰かに言われたとしても否定はできない。

「………」

どうぞ、安らかに…と丹羽氏に心の中で語りかけたあと、諒は手を下ろした。

「ありがとう、リョウ」

「いいえ…」

ただの付き合いでここへ来ただけの諒はそっと目を伏せた。死を悼む気持ちはあるが、ささやかな関《かか》わりしかなかった人だから悲しみも生まれない。それよりも、死神に近い自分は来なかった方がよかったのではないかとそんなことを考えた。

……………え？

突然、綺麗な声がすぐ近くから聞こえてきた。諒は伏せていた顔を上げ、呆然《ぼうぜん》と蔡を見つめた。蔡が唄《うた》っていた。

「…………」

蔡の唄う言葉は日本語ではなかった。だから、言葉の意味はわからないが声音はどこかもの悲しく…鎮魂歌だろうかと諒は思った。

心が…哀切に震える。蔡の唄はなんて哀情に満ち、辛《つら》い悲しみを感じさせるのだろうか。泣き声がそのまま唄に変わったような、そんな痛ましささえ感じる。

今が夜であったなら、泣いていたかもしれないと諒は思った。

「…………」

つかの間、静寂が訪れた。諒は閉じていた目をそっと開けた。

どこか遠くを見つめる蔡の横顔は気高く、儚《はかな》げで…怖くなった。蔡の心がどこかへ行ってしまったように感じ、声をかけようとしたそのとき蔡の唇が動いた。

哀調が和らいだ次の唄に、ふさぎ込む者を暖かく励ますような優しさを感じた。

なんて、唄声なのだろう。なんて素晴らしい唄なのだろう。生きていることを素直に感謝したくなるような、伸びやかな声。張りのある生き生きとした声。

青い空にそれは吸い込まれて、キラキラと輝いているようですらあった。

「さ、帰りましょうか」

促され、諒はハッとした。いつしか蔡の唄声に聞き惚《ほ》れていた。

「蔡…」

「いいえ、何も言わないでくださいね」

でも…と諒は思った。こんなに心震える唄を聞かせてもらったのだから、お礼くらいは言いたい。たとえ、自分のために聞かせてくれたわけでなくても。

「ありがとう」

諒はにっこりと微笑んだ。

蔡は少し照れたように微笑み、さっと身体の向きを変えた。

「この先にとてもいいカフェがあるから、そこでケーキでも食べていかない？」

「いいですね」

墓前を離れ、山門から外へ出ると…どちらからともなくホッとしたような息を吐いた。思わず蔡と顔を見合わせ、諒は微笑んだ。

「さっきの、蔡の唄声。素晴らしかったです」

「リョウ…」

「何も言わないで、なんて意地悪だ」

蔡は少し困ったように微笑んだ。

「また、聞かせて欲しいと言ったら…ダメですか？　蔡？」

ふっと蔡は謎めいた笑みを浮かべた。

「本当に、聞きたい？　リョウ？」

「え？　…ええ、もちろん」

「わたしが唄うのは、いつも夜。特別なお客様の前だけだとしても？」

「………」

つまり、蔡があの素晴らしい唄声を捧《ささ》げる相手とは……。

「リョウが望むなら…夜明けを一緒に迎えながら、いくらでもその耳元で唄ってあげるわよ？」

諒は慌てて手をパタパタ動かした。

「ご、ごめん…。そんな特別な意味があったなんて知らなかったから」

蔡はくすっと笑って、諒の腕を捕らえた。

「そんなに慌てなくても、リョウは特別よ。今度は別の唄を聞かせてあげる」

「え、でも…それはまずいというか…」

諒は動揺しつつ、蔡から逃げるように離れた。蔡の表情が少し険しくなる。

「ほ、ほら…ホスト同士が特別仲良くなるのはよくないっていうか…」

蔡の表情はますます険しくなった。

「リョウがそれを言うの？」

「…………」

確かに、と諒には返す言葉もなかった。諒がカイゼルに寄せるひたむきな想《おも》いは当事者たちだけでなく、二人をよく知る者はみんな知っていることだ。

「苛《いじ》めたいわけじゃないから、そんな顔しないで、リョウ」

蔡は表情を穏やかに戻した。

「だけど、リョウ。わたしは本当にあなたのことが好きだから。それだけは忘れないでいて欲しい」

「蔡…。……俺も、蔡のことが好きです」

「ありがとう、リョウ」

わたしは何番目？　と蔡は眼だけで尋ねている。諒はそれに対して曖昧《あいまい》な笑みを返すことしかできなかった。

蔡に好かれていることはずっと前から知っていた。だけど、愛されているわけではない。

…と、思う。

「蔡…」

「なあに？」

蔡はカイゼルのことを本当はどう思っているのだろう？　ムーンパレスのナンバーワンとナンバーツー。彼らの仲がいいことは誰もがわかっている。ジュールや他の誰もがカイゼルとは一線を引いているが、蔡だけは別だ。カイゼルも蔡だけは特別だと認めて、傍にいることを許してるように感じる。

「リョウ？」

二人が並び立っているところを見て、何度も劣等感を刺激されたことがある。自分では、二人の隣にいると霞《かす》んでしまう気がして…。

「少し、喉が渇きました。カフェまであとどのくらいですか？」

諒が話を変えると、蔡は「あと少しよ」と答えた。

二人でカフェへと向かい並んで歩いていると、通り過ぎた人たちが振り返ったり連れの相手とひそひそ話をしたりしている。

「蔡のこと、男か女かと言っているようですね」

「リョウとどんな関係なのか、想像をたくましくしているみたいね」

くすくすと蔡は笑っている。

「手でも繫《つな》いでみる？」

茶目っ気たっぷりな蔡に、諒は笑って「やめておきましょう」と答えた。

「あ、ここよ」

蔡の案内でたどり着いた先は、一見そこがカフェだとはわからなかった。

「ここ？」

門扉は開かれているが、どこかの豪邸のようだった。

「そう。ここは紅茶もコーヒーも美味しいの。もちろん、ケーキもね」

蔡と並んでアプローチを歩く。やがて二階建ての洋館が見えてきて、車寄せに男が一人立っているのが見えた。

にこやかに微笑む男に、いらっしゃいませと声をかけられてようやく…やっぱりここはカフェだったのだと諒は安心した。

「もとは、旧伯爵邸だったところだから、建物もモダンでしょう？」

素早く辺りを見回しながら、諒は頷いた。

諒の前を蔡が歩き、その前を案内係の男が歩いている。美麗な男を見慣れた諒から見てもかなり優美な男で、筋が通った背中は見ていて清々しく感じた。

洗い立ての、真っ白いシーツみたいな男だ。諒はそう感じた。

建物内を抜け、中庭へ出た。

「おや…」

何に驚いたのか、蔡がそう呟いた。

「どうしたの？　蔡」

立ち止まった蔡の後ろからひょいと顔を出し、諒は蔡が見ている方へ顔の向きを変えて息を呑んだ。

「……カイゼル」

眩《まぶ》しいほどの光がそこには満ちていた。アッシュブロンドの髪が柔らかく光を弾《はじ》き、白刃のごとき怜悧な雰囲気は陽《ひ》の下で影を潜め、その美しさばかりを強調していた。

気配に気がついたカイゼルの神秘的な瞳が、諒と蔡の姿を捕らえた。

お知り合いですか？　と言うようにカイゼルと諒たちの間で視線を動かしたが、案内係の男は何も言わずに控えていた。

ふっとカイゼルが微笑んだことを合図にして、蔡がカイゼルのいる丸テーブルへと近寄った。

「偶然ですね。こんなところであなたに会うなんて思いませんでしたよ」

カイゼルは諒と蔡の二人を均等に見た。

「…お前たちは？」

「あ、俺たちも偶然会って…」

「デートしていたんですよ」

「…蔡」

諒は動揺したようにカイゼルの様子をうかがった。カイゼルはなんの反応も見せていない。

「それで、どうする?」

「え?」

カイゼルの視線は静かに控える男を示した。

「あ…」

そうか、と思いつつ諒は蔡へ眼で訴えた。

「はいはい、いいですよ。カイゼルも、いいですよね?」

カイゼルと同じテーブルに着きたいと眼で訴えた諒に応え、蔡は案内係の男ににっこりと微笑みかけた。

心得たように会釈を返し、男は蔡のために椅子《いす》を引く。

「どうぞ」と諒も椅子を引いてもらって、二人の間に座った。

「カイゼルはここへはよく?」

蔡がカイゼルに話しかけた。

「たまに、な」

「そうですか。わたしもたまに来るのですが、そのわりに今まで会ったことはなかったですね」

それなのに、今日偶然にもみんなが揃《そろ》ったということだ。

もうそれだけで嬉しくて、諒はにこにこしていた。

「何にしますか？　リョウ」

蔡に声をかけられ、諒はカイゼルが手にするカップをチラリと見た。

「えーと、紅茶」

「レモン？　ミルク？」

「ストレートで」

蔡は小さく頷いて「わたしもそうですよ」と言った。

「ケーキはどうします？　ここのチョコレートケーキはなかなかオススメですよ」

「へぇー、じゃあそれにしようかな」

諒の分も蔡がオーダーを入れ、ブラックスーツを着た給仕が下がっていった。

「………」

改めてこの三人でテーブルに着いているのだということを、諒は強く意識した。

…すごい、よな。と諒は密《ひそ》かに思った。片方にカイゼル、反対側には蔡。このテーブルだけキラキラ輝いているんじゃないか？

諒がそっと周りの様子を探ると、上品そうな客たちも視線を吸い寄せられたようにこちらのテーブルを注視している。密やかな話し声や溜息《ためいき》が、二人への賛美であることは間違いない。

「リョウ？」

「…ここ、すごく落ち着いた場所だな」

さりげなさを装って、諒は顔の向きを戻した。

「隠れ家的、カフェって感じ」

こういう店は客を選ぶ。客層を見ていればわかる。

「そうですね」

蔡は微笑んだ。

「ここがカフェの営業をするのは十七時までの三時間だけですから」

「三時間だけ？」

「十九時からはレストランになるのですよ」

十七時から二時間クローズして、その間にレストラン仕様へと店は変わる。

諒は、中庭に用意されたテーブルをぐるりと眺めた。どのテーブルの上にも生花が飾られている。白いテーブルクロスにアンティーク風デザインの椅子。都内にあるとは思えないほど静かで、緑に囲まれている。

贅沢《ぜいたく》な。居心地《いごこち》のいい空間がここにはあった。

「レストラン、か…」

夜ともなればさすがに屋外で食事は摂れないだろう。明かりに集まってくる虫の心配をしなくてはならないし。

通り抜けてきた通路の奥に扉があったが、多分あの向こうでレストランを営業しているのだろう。

「いいな…」

「来てみたい?」

蔡の問いかけに頷いて、でも…と諒は尋ねた。

「こういうところ、予約を取るのは大変なんじゃないか?」

その通り、というように蔡は頷いた。

「でも、ここは待つだけの価値があると思いますよ」

蔡はカイゼルへ、からかうような視線を向けた。

「カイゼルなら、すぐに予約が取れるのではないか?」

否定も肯定もしないカイゼルに、蔡は肩をすくめた。

「失礼します」

紅茶とケーキが運ばれてきた。カイゼルは紅茶のお代わりを頼んだ。

まだ帰らないでいてくれるんだ、と諒は密かに喜んだ。

「あ、これ旨《うま》い」

蔡に勧められて頼んだチョコレートケーキはほんの一口でもその美味しさがわかった。

「そう？　よかった」

そう微笑む蔡の前にはフルーツタルトが置いてある。色鮮やかで、見るからに美味しそうだった。

「リョウ。いつもはどこでデートしているの？」

「え？」

諒には蔡の質問の意味がわからなかった。

「デート？」

誰と？

「カイゼルと。いつもはどこでデートをしているの？」

諒は驚いた。何かすごい誤解がある。

「そ、そんなの…してないよ」

「していない？」

諒はカイゼルの反応をうかがい、それから辺りを見回すようにして声をひそめた。

「そんなの…じゃないから」

それから、妙に気恥ずかしくなった。諒はぱくぱくとチョコレートケーキを食べた。

ただ、片想いしているだけなのだ。慕ってくる者をいちいち邪険にするのも面倒で、カイゼルは放っておいてくれるだけのこと。裏の仕事に関わる仲間という関係があるから、他の人たちよりは贔屓《ひいき》してくれていると思うけれど…自分だけが特別なんだなんて自惚《うぬぼ》れるのはバカだ。

「カイゼル。どういうこと？」

「…どうもなにも、お前が何を言いたいのか、それすらわからないな」

「よくもぬけぬけと…」

蔡は忌々しそうにカイゼルを睨《にら》んでいたが、諒の視線に気づいて表情を柔らかく変えた。

「どうしたの？　リョウ」

諒は迷ってから、感じた通りのことを口にした。

「蔡って、カイゼルに話しかけるときは少し声が低くなるんだな」

そして、俺に話しかけるときにはわざと柔らかく女性的な言葉遣いをしているみたいだ。とは、心の中だけで続けた。

「…そう、かもしれないわね」

いま気がついたというように、蔡は笑った。

「自分の性格が悪いことを諒の前で隠そうとするからだろう」

蔡はその言葉にカイゼルを睨んだ。そんな表情をすると蔡が蔡ではなく…とても男っぽく見えて諒は少しどきっとした。

「性格が悪いのはどちらだ？」

「まだ自覚がなかったとは驚きだ」

舌戦する二人を前に、諒は驚き、そしてなんだか楽しくなった。

「リョウ？　何を笑っているの？」

「だって…。二人とも楽しそうだから」

蔡は不思議そうな顔をしているが、カイゼルの方はまったく表情が変わらない。

「楽しそう？　どこが？」

「カイゼルと遠慮なく言い合えるなんて…俺だけじゃなく、きっと他にも羨《うらや》ましいと思うヤツがいると思う」

嫌われるのが怖い。それ以前に、冷厳なカイゼルの前では萎縮《いしゅく》してしまって思考能力すら低下する者が多い。

「カイゼル。リョウに何をしたのですか？　怖がられているじゃないですか」

蔡にからかわれた諒は焦った。

「ち、違う…」

怖がっているんじゃなく、素直すぎる自分が恥ずかしいだけ。

焦って諒は、思わず腰を浮かせた。

「リョウ？」

くすっから、くすくすっと蔡の笑い声は大きくなり、諒は自分がティーカップを手にしたまま席を立っていたことに気がついた。かーっと顔が赤くなる。

は、恥ずかしい…。

座り直そうと思った時、どこからか美しい鳥の鳴き声が聞こえていた。

諒はとっさに辺りを見回した。しばらくその姿を探してみたが、どこで鳴いているのか、鳥の姿を見つけることはできなかった。

「美しい鳴声。ロビンかクロウタドリかな？」

蔡も鳥の鳴き声に耳を傾けている。

「夜ならば、小夜鳴鳥といったところか」

カイゼルの言葉にさっと蔡の雰囲気が変わった。目を伏せた蔡はどこか辛そうで、そして悲しそうに感じられた。

「小夜鳴鳥？」

諒はテーブルに戻りながら、カイゼルに聞いた。

「ナイチンゲールとも称されている」

ナイチンゲールならその名前を聞いたことがある。だけど、どうして蔡が傷ついたように目を伏せているのかはわからなかった。

「確か、唄が上手い人のことをナイチンゲールと言うこともあると…」

諒は途中で言葉を切った。蔡がとても唄が上手い人だということをさっき知ったばかりだ。

そしてナイチンゲールは夜に美しい唄声で囀《さえず》る鳥…。

もしかしたら……。

蔡は夜に美しい声で囀る。男たちに組み敷かれて、鳴き声を上げる…と揶揄《やゆ》されたことがあるのではないだろうか？　あたらずといえども遠からず。そんな気がした。

鳥の鳴き声が止《や》み、再び静けさが戻ってきた。

「リョウ、お代わりはどう？」

紅茶をもう一杯頼もうかどうしようかと迷った。カイゼルがまだ帰らずにいてくれるなら、頼んでもいいかな。

そう思いながら、チラリとカイゼルの顔色をうかがった。

「さて、と…」

何を勘違いしたのか、蔡は椅子を引いた。

「わたしはこのあと用事があるから、先に失礼するわ」

「さ、蔡…」

いいから、ゆっくりしてねというように蔡にウインクをよこされ、諒は恥ずかしくなった。

さっきカイゼルの方を見たのは、二人だけにして欲しいとか、二人だけになりたいと言ったつもりではなかったのに…。

「ごちそうさま」

蔡はカイゼルにそう声をかけ、一人だけテーブルを離れた。

引き止めた方がいいのか…それとも一緒に帰った方がいいのだろうかと…おろおろしていた諒にカイゼルが鋭い視線を向けた。

「………」

諒は椅子に縫い止められたように、その場に残った。

「次の仕事が入った」

低いカイゼルの声に、諒は俯《うつむ》き加減にしていた顔を上げた。

「このあと、車の中で説明する」

「…はい」

もしかしたら、緊急の仕事なのだろうか？

諒はカップに残っていた紅茶をくいっと飲み干した。

「いつでも行けます」

仕事と聞いてスイッチが入ったように、諒の表情はきりりと引き締まり別人のような雰囲気さえ漂わせていた。

3

カフェでの支払いは当然のことのようにカイゼルがしてくれた。諒は「ごちそうさまでした」と軽く頭を下げ、歩き出したカイゼルの背に続いた。

ここにはどうやら駐車場もあったらしく、少し待っているとカイゼルの車が車寄せに届けられた。

カイゼルが運転席のドアを開けるのを見て、諒は助手席側に急いで回った。

「蔡の唄を聞いたか？」

走り出してしばらくしてから、カイゼルはそう質問してきた。

「はい」と答えてから諒は急いで付け加えた。

「墓地で…えーっと、蔡のお客が亡くなって墓参りに行くところの蔡と偶然鉢合わせして…俺も一度だけ会ったことのある人だからさっき付き合ってきた。その帰りに、あのカフェに寄ったんだ。…それだけ、だから」

待ち合わせていたわけでもないし、はじめからデートの約束をしていたわけでもない。

「唄も…亡くなったおじいさんに捧げているところに居合わせたから、聞いただけで……」

「どう思った？」

「感想？　…すごく、感動した。蔡ってすごく唄が上手いんだな。引き込まれて…」

泣きそうになったというのは恥ずかしく、慌てて違う言葉を探した。

「聞き惚れてしまった」

そうだろうな、というようにカイゼルはかすかに頷いただけだった。

「あの、さ…。気になったんだけど、蔡って…唄うことが本当は嫌いなのかな？」

ハンドルを握ったカイゼルがチラリと横目に諒を見た。

「なんとなくだけど、そんな気がした。唄の上手い人をナイチンゲールにたとえるってことを思い出して、蔡みたいだと思ったけど…そう言えなかった」

カイゼルが小夜鳴鳥と言った時、表情が曇ったみたいだから。

「以前、蔡が言ったことがある。夜鳴く鳥の声は不吉だと。死の匂いがする…と」

「…でも、俺が蔡の唄声を褒めてもっと聞きたいようなことを言ったら、夜…その、特別な関係の人にだけ聞かせると言っていた」

まさか、自分の唄声が不吉な…不幸を招くとでも蔡は思っているのだろうか？

「ナイチンゲールと言ったのも悪かったようだ」

「ナイチンゲール？」

「鳥以外にも白衣の天使、看護婦のことをナイチンゲールと言った時代」

時は十九世紀。フローレンス・ナイチンゲールという看護婦だった女性が、献身的な看護衛生改善により多くの兵士たちの命を救ったという実話に由来している。

「蔡にとって白衣、白い服は子供の頃の辛い記憶に結びついている」

「黒い服ではなく？」

「黒？」

「えっと…喪服が嫌いだというようなことを言っていたから」

「喪服が好きな者はいないだろうが、黒い服も好んでいないことは確かだな」

「蔡は、赤が好きみたいだよな」

「中国人にとって、赤は吉兆と財運を意味する色だ」

「あ、そうなんだ。だからお祭りとかに赤い札を貼《は》ったりするのか」

諒がよく知るもう一人の中国人、猿《ユエン》は暗い色の服を着ていることが多い。しかし…妖艶《ようえん》なホストである蔡と、裏世界に生きる猿を比べることは間違っている。

諒は猿のことを頭の中から閉め出した。

「カイゼル、次の仕事の話を聞くよ」

車の中はこうした密談にもってこいの場所だ。

「依頼を受けたターゲットは一人だが、我々の邪魔をする者はまとめて消してもいい」

「我々？」

「わたしと樋口、それにお前の三人だ」

諒はやや緊張した。カイゼルと一緒に仕事をする…その必要がある仕事はたまにしかない。

「相手は？」

「同業者だ」

なるほど、と諒は頷いた。

「腕は立つのか？」

「まだ若いスナイパーだ。おととい日本に入国したことは確認されているが、居場所は特定できていない」

「スナイパーということは、日本へは（暗殺の）仕事をするために？」

「そうだ」

「そいつのターゲットは？」

「エルピディオス・アガティオス。ギリシャの貿易商だ。」

カイゼルが告げた名前に諒はどうしよう…と思った。名前が…一度聞いただけでは覚えられなかった。

「えーと…ギリシャ人？」

「明後日《あさって》、来日する予定になっている」

ということは、スナイパーは先に来ているけれどターゲットはまだ日本にいないということだ。

「日本を舞台に外国人スナイパーが暗殺を計画している、なんてドラマみたいだ」

カイゼルは諒の感想に、わずかに口元をつり上げた。

「カイゼルも一緒ってことは、俺と樋口はカイゼルが仕事をやりやすいように援護するってことでいいのかな？」

「状況次第では、お前たちに任せる」

「了解。…で、そいつを日本で援護する奴らがいると考えた方がいいんだろ？　日本のやくざとか？」

「違う。日本にいるチャイニーズマフィアの、幹部の一人が協力者だ」

「ふぅん…」

久しぶりに大きな仕事だ。

「チャイニーズマフィアってことは、猿にも協力してもらうのか？」

「いや。…奴とは接触しない」

「もしかして、猿とそのチャイニーズマフィアは関係がある？」

「ない方がおかしいだろう」

「あー…。そっか……」

猿の立場は微妙だ。協力者のような位置にいることもあるけど、俺たちの仲間ではない。

「あれ？　もしかして、この道は…」

カイゼルのマンションに向かっているようだった。

「先に銃を渡しておく。詳しい計画は樋口の前でする」

「了解」

諒は深々とシートに身を預けたが、話しておかなくてはならないことがあったことを思い出した。

「あ、そうだ！　先に頼まれていた仕事だけど、明後日、殺ることにしたから」

「明後日？」

「四時くらいには終わると思う」

「では、写真を樋口に渡しておけ。報告はあとで樋口から聞く」

「………」

そう、か。明後日、カイゼルはいないのか。というか…会いに行ってはいけないのか。

「わ、かった…」

諒はショックを受けていた。仕事の完了報告をするためにカイゼルのもとへ行けない。それはつまり、仕事のあとのご褒美がもらえないということだ。

「………」

キス、してもらえないのか…。

特別な理由でもなければ、欲しいとねだることもできないカイゼルとの口づけ。今回はナシ、なのか……。

諒はハンドルを握るカイゼルの横顔をそっとうかがった。

「………」

先払い、なんてしてくれないよな?

…ご褒美、なんだし……。何もしていないうちから、なんて…ダメだよな……。

カイゼルの形のいい唇。

少し薄くて、酷薄な笑みが似合う唇。少し触れただけでは冷たいと感じるけれど、触れ合う時間が長くなればちゃんと熱くなってくる…甘い唇。

「なんだ?」

視線を感じたカイゼルにそう問われて、諒はほんのり顔を赤くした。

「な、なんでもない!」

意気地がないなぁと思いながら、諒は顔の向きを変えて窓の外を眺めた。

お前の考えていることなどわかっている、とカイゼルが微笑みを浮かべたことに…諒は気がつかなかった。

4

男は諒が予測していた通りに行動していた。駅の雑踏を抜け、帰宅途中にコンビニへ必ず寄る。買い物の時間だけは諒にも予測不可能だったが、思っていたよりも早く男はコンビニを出たようだ。

諒は今、男の前を歩いている。野球チームのロゴが入った帽子を被《かぶ》り、スポーツバッグを肩にかけていた。スタジアムジャンパーのポケットに入れたままの左手には、薄い手袋を嵌《は》めている。

住宅地の間を縫うように走る道路を歩く者はまばらだ。時折犬を連れて散歩している人とすれ違う程度だ。

諒は男が住む、古いマンションへと先に入った。そして集合ポストの横を過ぎ、エレベーターの最上階ボタンを押してから、そこを出る。

監視カメラもついていないエレベーターは無人のまま、五階へと上がっていった。エレベーター待ちをしているふりをして、男が帰ってくるのを待つ。

男が住む部屋は一階だ。従って男がエレベーターを使うことはない。

集合ポストが並ぶエントランスホールは狭く、ここにも監視カメラはない。住人の出入りも朝と夜に集中していて、学校から帰ってくる子供もいないことは確認済みだ。

「……」

エレベーターが下りてくるのを待っているふりをしていると、男が帰ってきた。そして諒に気づいて一瞬躊躇ったように足を止めてから、ポストの前へ移動した。男はいつものように簡易ロックを外し、郵便物を取ろうとしている。

「あ、ポスト確認すんの忘れてた」

諒はそう呟き、エレベーターの横を離れた。離れる直前に、エレベーターが空で戻ってきたことを横目で確認した。

ロックを外した男は郵便物を取り出そうと、ポストの扉を開けた。ガコー、妙に間延びした音をたててエレベーターのドアが開いた。

諒は途中で気配を殺し、男に忍び寄った。

素早く背後から男の鼻と口を覆い、頭を大きく仰《の》け反《ぞ》らせるように力いっぱい後ろへ引く。反対の手に握ったナイフを片手で開き、一気に刀身を腰の後ろから突き刺した。

「ぐっ！」

つぶれた悲鳴を上げ、男が大きく身を震わせる。諒はゆっくり一呼吸置いてから、しっかり握ったナイフを捻《ひね》るように回した。

ガコーとエレベーターのドアが閉まる音がした。

「…………」

この時の、待つ時間はひどく長く感じられる。実際には数秒のことなのに、何十倍もの長い時間、ナイフを手にしているような気になる。

さっと辺りを見回してから、諒は反応が弱くなった身体をフロアに寝かせた。口と鼻から手を離しても、男は呻《うめ》き声ひとつ立てなかった。

ナイフが刺さった腰と横向けにした男の顔がハッキリ映るように、苦労しながら写真を撮る。

「…………」

一緒にフレームに納めることはやや無理があると判断し、それぞれを拡大してさらに二枚写真を撮った。エントランスの灯《あか》りが思っていたよりも暗いことが気になったが、フラッシュを焚くことは躊躇われた。

写真を撮り終えた諒は手袋を脱ぐと、ナイフと携帯をジャンパーのポケットに入れた。さらにそのジャンパーを脱いでスポーツバッグの中に入れる。

バッグの中から黒縁の眼鏡《めがね》を取り出してかけ、現場マンションを離れる。周囲に人影がないことを確認してから野球帽も取り、バッグの中へ入れる。ごく普通の足取りで駅へと向かい、電車に乗って自宅へ戻った。

携帯をジャンパーから取り出し、確認する。写真は全体的に暗かったが、男の顔の判別はつく。

ジャンパーには返り血がついていなかったが、手袋やナイフとともに処分することにした。もちろん、一カ所に捨てることはしない。それぞれ別々の場所に捨てるのだ。

スポーツバッグと野球帽の方は残しておいた。これだけで足がつく可能性はきわめて少ないと判断したからだ。

「さて、と…」

念のためシャワーを浴びてから服を着替え、今回の仕事のためだけに用意した携帯をポケットに入れて出勤する。途中でゴミを捨てて、後始末を済ませる。

ムーンパレスのオーナー室のドアをノックし、開けると先客がいた。蔡だ。

「あら、リョウ」

「こんにちは、蔡」

「こんにちは。リョウはこれから？」

「はい。…外で、待っています」と部屋を出ようとしたが、蔡に呼び止められた。

「待って、すぐに済むから」

「でも…」

樋口も大丈夫というように頷いたのを確認し、諒は室内にとどまった。

「お待たせしたね」

樋口がプリントアウトした紙を蔡に手渡す。蔡は紙面に視線を落とし、確認を終えたのか小さく頷いた。

「それでは…」

樋口と諒の二人に会釈を送ってから、蔡は部屋を出ていった。

諒は蔡に渡した紙がなんだったのか聞かなかったし、樋口も説明しようとはしなかった。

「…樋口、カイゼルにこれを」

諒は執務デスクに近づき、携帯を樋口に差し出した。

樋口は諒の目を見てから黙って携帯を開き、それを操作した。

「……」

写真を確認し終えた樋口は小さく頷き、データーを納めたメディアを引き抜いてから諒に返した。

「これは諒が持っているといい。今後も役に立つことがあるだろう」

諒は自分の手に戻ってきた携帯を見てから尋ねた。

「料金は？　どうなっているんだ？」

今後の使用料金を誰が払うことになるのか、それが気になった。

「心配しなくてもいい。いつでも捨てられるように注意してくれたら、基本料金内なら好きに使ってくれてかまわない」

つまり、この携帯に重要な情報は残すなということだ。

「…わかった」

諒はポケットに携帯を戻した。

「報告は？」

「直接、本人にしたいんじゃない？」

本人というのは、カイゼルに…ということだ。

「でも、樋口に…と」

「そうなのか？」

諒は頷いた。

「諒の判断で、今回特別に報告すべきだと感じることは？」

「ない。…と思う」

「それじゃあ、必要ない。…お疲れさま」

諒は小さく会釈を返した。

「ところで樋口次の…仕事のことだけど」

今回は結局、ご褒美はナシか…。

しかも、次はカイゼルが仕事をしやすいように樋口と協力するだけでいい。状況次第ではチャイニーズマフィアを相手に銃撃戦ということになるのかもしれないが…それよりも、カイゼルが一発で仕事を終わらせる可能性の方が高い。

それなりに出番があり、ご褒美がもらえるようだといいけれど…期待はしないでおこう。期待して、裏切られた時が辛いから……。

5

ギリシャの貿易商だという男は闇の匂いがした。彼自身がマフィアでなかったとしても、男の周りで血が流れることは珍しくないように感じた。

今回のターゲットであるスナイパーの居所を突き止めるため半日だけ彼自身を囮《おとり》にして、樋口が観光ガイドのフリを務めた。それを遠くから見張りつつ、諒はターゲットの男の姿を求めた。

気配が摑《つか》めないまま夕方になり、貿易商は一度ホテルに帰った。それから部下を数人残し、影武者を務める男が銀座《ぎんざ》へ繰り出した。

偽物がホステス遊びをしている間に、カイゼルから樋口のもとへ連絡が入った。

「諒。動いた…」

樋口は本物が宿泊している部屋と同じ階にいた。

「どこ？」

諒はホテルに出入りする者をチェックしながらロビーにいた。

「銀座」

「ということは、ダミーの方に？」

引っかかったのか？　案外バカなヤツだな。

「そうらしい」

諒はちょっと考えてから慎重に尋ねた。

「どうする？」

「すぐ移動する。ヤツが逃げる前にこっちが追い込む」

樋口は小さく笑ってから続けた。

「すぐに行くからタクシーを待たせておいて」

「了解」

諒はホテル正面から出て、待機していたタクシーに乗り込んだ。

「もう一人来るから、このまま、少し待ってください」

樋口を待つ間、諒はなんとなく外を眺めていた。運転手はラジオのニュースを聞いている。

「お待たせ」

樋口がやってきて、隣に乗り込んだ。

「銀座まで」と諒は行き先を告げた。

「銀座のどこですか?」

運転手の確認に、諒は樋口の方を見た。樋口はすぐに「七丁目の…」と説明を始めた。

「わかりました」

タクシーの運転手はすぐに車を走らせた。正面玄関へと続くアプローチにはオレンジ色の小さなライトが点々と並んでいた。その緩やかな曲線に沿って車はゆっくりと走り、反対側から歩いてきた黒いコート姿の男とすれ違った。

ざわり。

なんとも言いがたい、悪寒めいたざわつきに突き動かされ、諒は後ろを振り返った。

男の後ろ姿は建物の陰になってよく見えなかった。

「どうかした?」

一瞬。ホンの一瞬しか見えなかった。だけど、あの男の目は黒く沈んで…冷たかった。

「諒?」

「停めてくれ!」

表通りに出たばかりのタクシーに諒は叫んだ。

「今すぐ、停めてくれ！」

「そんなことを言われても…」

困惑したような声が返ってきて、諒は苛立《いらだ》った。

「いいから、早く！」

こうしている間にも、じわじわと嫌な予感が確信めいてくる。

「どうしたの？」

「さっきの男。嫌な予感がするんだ」

諒の訴えを樋口は真剣に受け止めた。

「諒だけ降りて。僕はこのまま行く」

「わかった。何事もなかったら、すぐに追いかける」

諒は道の端に緊急停車したタクシーから飛び出し、ホテル正面玄関へと走った。

明るく洗練されたエントランスホールのどこにも黒いコートを着た男はいない。

先ほど見たあの男がスナイパーだと決まったわけではなく、もし違っていた場合はカイゼルに叱《しか》られてしまうかもしれない失態になる。

だけど…。どうしても気になった。胸騒ぎがする。

諒は焦りつつエレベーターホールへ向かった。利用客が全員降りるまで、待っている時間

が酷《ひど》く長く感じられる。

諒は苛立ちを隠しながら他の客とともにエレベーターに乗り、十二階のボタンを押した。

乗り合わせた客は四階と八階、九階で降りた。ドアが開くのももどかしく十二階で降り、エレベーターホールを右に折れて廊下を走り出そうとした視線の先に、黒いコートを着た男の後ろ姿を捕らえる。

やはり、そうだったのか⁉

疑惑は確信へと変わり、諒は急いでホールと廊下の角へ身を潜めた。

「……………」

男の右肩がかすかに下がり、諒は殺気を解放した。ぴたり、と男は足を止めたかと思うと振り返った。そして諒と視線を合わせた次の瞬間、後ろ向きに逃げた。懐に手をやったまま。

黒コートの行く先にはギリシャの貿易商が泊まる部屋がある。廊下は直線。身を隠す場所がある、諒の方が有利だった。

諒は安全装置を外すとコートの男に狙いを定めた。男は大声で何か叫びながら、拳銃《けんじゅう》を突き出し、先に撃ってきた。

弾をかわすように身を潜め、ひと息おいて再び諒は拳銃を構えて顔を出した。

「あれ？」

何か違う、と諒は感じた。それがなんであるのかわかったのは、ギリシャ人が泊まる部屋のドアが開いて、中から黒服の男たちが飛び出してきたからだ。しかも、彼らの銃口はみな諒へと向けられている。

「……」

一瞬の沈黙。そして、お互いが敵ではなかったと理解したのはほぼ同時。

苦笑を浮かべ、脱力した。

「こいつは違う」

諒にもわかるようにと男たちは英語で説明してくれた。この黒コートの男は彼らのボスが呼んだ暗殺者だと。

貿易商と彼を守るボディガードたちに、樋口とともに面会を済ませていたため、彼らは諒の顔を覚えていた。

「あの男は日本の…協力者だ」

黒コートの男にニヤリと笑いかけられ、諒は「勘違いして悪かった」と謝った。男は気障《きざ》な仕草で「いや…」と答えて笑った。

「俺に気づいただけでも、たいしたもんだ。そんなに可愛い顔をしているのにな」

男の目の色から子供に間違われているなと感じたが、ここで腹を立てている時間の余裕はない。

「邪魔をしたな」と小さく手を挙げ、諒は急いで身を翻した。

あ、ああ…失敗した！ あのまま、樋口と一緒に銀座へ行っていればよかった！

そう思いながらホテル正面から、タクシーに乗る。行き先を告げ、深くシートに背中を寄りかからせてから気がついた。

暗殺者？ 自分の命が狙われていることを知って、殺し屋を呼び寄せるなんてやはりあの貿易商はただ者ではなかったということだ。

…しかも、これでは諒たちのことを信用していないのも同然だ。頼りにならないと判断したからこそ、応援を呼んだのだろうから。

諒はイライラしながら足を組んだ。

カイゼルが誰から依頼を受けたのか、諒は知らない。そんなことは知らなくてもいいことだが、話が複雑に絡み合ってくるとどうしても考えずにはいられない。

「あ、そうだ…」

諒はハッとして、樋口にメールを打った。自分の勘違いだったこと、そして気になった男とは貿易商が呼んだ同業者だったと短く綴《つづ》った。

タクシーが銀座に到着し、支払いを済ませる。喧噪《けんそう》を避けるように歩き出してすぐ、樋口から電話が入った。

通話ボタンを押してから、諒は人通りの少ない細い路地へと足を踏み入れた。

「はい」

「諒？　いま、どこ？」

「タクシーを降りたところ」

いまからそっちへ行くと続けるはずだったのに、樋口の声に遮られた。

「終わった」

「えっ？」

諒はぴたりと足を止めた。

「さっき、カイゼルから連絡が来た。警察が来るから、ここで解散にしよう」

「…終わった？」

嘘だろ……。そんな…。

諒は呆然と立ちつくした。目指していた店はここから百メートルほど先。店の近くまで来たら、樋口たちと合流して…カイゼルの……。

「どうした？」

穏やかな声に、諒は心臓が止まりそうなほど驚いた。

「カ、カイゼル！」

偶然なのか、それともこの道が表通りへの近道だったのか、カイゼルが目の前に立っていた。諒は自分が無意識のうちに通話を切って、携帯を折り畳んだことに気がつかなかった。

「確か、このあとの予定はなかったな？」

「え？」

「それとも、帰らずに遊んでいくか？」

「…カイゼルと？」

そんなつもりではなかったというように笑いかけられ、諒は自分の勘違いに気がつき、顔を赤くした。

「ご、ごめん！　そうだよな」

カイゼルはただ、これからどうするかと聞いただけだ。誘われたわけじゃないのに。

「か、帰るよ。もちろん」

そうかと小さく頷いて背を向けたカイゼルのあとを、諒は吸い寄せられたように追いかけた。

表通りに出ると、向かいから歩いてくる人たちの反応が面白いほどわかる。みんなカイゼルの前でふらふらと足を止め、陶酔した視線を注ぐ。すれ違った直後に振り返ることができる者は恐らく半分ほど。自分の目にしたものが夢ではないかという顔をして、ぼーっとしている人もいる。

え？

タクシーを呼び止めたカイゼルは、確かにこっちを見た。諒は、もしかして…と胸をときめかせながらカイゼルの傍へ近づいた。

一瞬、視線が絡まる。そして、諒にはそれだけで充分だった。

カイゼルに続いて、諒もタクシーに乗った。カイゼルは運転手に自分のマンションの住所を告げた。

静かな、沈黙が続く。この運転手はラジオを入れていなかった。

チラリと横目にカイゼルの顔を盗み見してから、諒は膝《ひざ》の上でぎゅっと手を握りしめた。

カイゼルがどういうつもりでいるのかはわからない。だけど、もしかしたら…このままカイゼルのマンションまで連れていってくれるのかもしれない。

期待しすぎない方がいいとわかっていても、どうしても期待してしまう。

「………」

あとからタクシーに乗り込んだ諒が先に降りないと、カイゼルは降りられない。

カイゼルがカードで支払いを済ませている間に、諒は先にタクシーの外に出た。

――パタン。

ドアは閉まり、諒は客を降ろしたタクシーを見送った。

エントランスへ向かうカイゼルに少し遅れる形で、諒はそのあとに続く。

…帰れ、と言われなかった。なんで一緒にタクシーを降りるんだ、という顔をされなかった。

諒は嬉しさを胸の中で育てながら、カイゼルと一緒にエレベーターに乗った。

部屋の前でカイゼルが足を止める。そして、ここのドアも…ちゃんと諒がくぐり抜けるだけの余裕を残して開けられた。

確かな言葉はなくても、カイゼルに招待してもらえたのだと…ようやく諒は安心した。

「何を飲む？」

カイゼルの足はいつものバーカウンターではなく、リビングへ向けられていた。

「わたしがシャワーを浴びてくる間、お前は適当にしていろ」

諒は歓喜を隠し切れない表情で頷きながら、「お水、もらっていいか？」と聞いた。

「好きにしろ」

ふんわりと優しい微笑みを投げかけられ、もうそれだけで諒の心臓はドキドキだ。

カイゼルの姿が奥へと消えていくのをじっと見送り、完全に気配が消えてしまったとわかったところで…はあっと思わず溜息が漏れた。

「………」

そして、幸せいっぱいの笑みを浮かべ、諒は室内を見回した。

ここでいつも、カイゼルがくつろいでいるのだと思うとそれだけでわくわくする。ソファのあちこちに座り、クッションを手元に引き寄せる。

「あ…」

カイゼルの匂いがする。気品があって、なんともいえない優雅ないい香り。カイゼルはいつもここで新聞を読んだりしているのかな？

きょろきょろと辺りを見回してから俯《うつぶ》せになる。柔らかく沈み込む座面を手で撫《な》で、頬ずりまでした。

きもちいいー。柔らかくて、このまま眠れそう……って、本当に寝たらまずいだろ。

諒は慌てて身を起こし、ソファから離れた。

「水でも飲んで落ち着こう」

キッチンへと移動し、そこでもまたしばらく諒はぼーっとした。

「ここ、来るの久しぶりだな……」

諒がカイゼルたちに仲間と認められ、迎え入れられる時に一週間ずつ彼らのもとで生活した。カイゼルのマンションで過ごした緊張の時間。一目惚れ同然に心奪われたあの日が……もう夢の中の出来事のように遠い。

あれから殺し屋としての腕を磨き、一流のホストを目指していろいろ努力も続けている。そこそこ英会話もできるようになったし、裏の仕事も一人で任されることが多い。

和泉《いずみ》が生きていた頃は、彼と組んでいた。まだ未熟だったということもあるだろうが、二人の方が何かとやりやすかったし、彼から学んだことは多い。

和泉……。

諒は久しぶりに、いまは亡き仲間のことを思い出した。そして蔡が墓地で唄っていたあの唄が記憶の中から蘇《よみがえ》ってきた。

「あんなふうに…俺も唄えたら…」

そしたら和泉の墓を訪れた時に、唄ってあげられただろう。和泉が喜んでくれるかどうかは別として…聞かせてあげたいと思った。

「………」

実際には、諒は和泉がどこに眠っているのか知らなかった。カイゼルにそれを聞いた時

「知りたいのか?」と尋ね返された。諒はカイゼルと見つめ合ってから、首を横へ振った。お前は知らなくていい。あの時のカイゼルの目はそう言っていた。

「何をしている?」

ふわりと空気が変わり、カイゼルの声が諒を物思いから引き離した。

「カイゼル…」

シャワーを浴びたあとの、バスローブ姿のカイゼルは艶《なま》めかしくて、諒は正視できなかった。

冷蔵庫を開ける音に続き、グラスを手にする音。そして水音が続いて…「ほら」と諒はミネラルウォーター入りのグラスをカイゼルから渡された。

「あ、ありがとう…」

仕事帰りではないため、いつものカクテルを頼むわけにもいかない。従って、そのあとに続くご褒美をそれとなくねだることもできない。

どうしたらいいのだろうと思いつつ、諒は俯き加減にミネラルウォーターを飲んでいた。

「……」

カイゼルに見られている気がする。

諒は次第に、耳が赤くなってくるのが自分でもわかった。

「あっ、あの…！」

「なんだ？」

そんなにじっと見ないで欲しいとも言えず、諒は必死に話題を探した。

「えーと、ごめん！　…えーと、ほら、関係ないのに…というか味方を敵だと間違えて、ホテルに引き返したことで、間に合わなかった」

「味方？」

「そう。黒いコートの男と今回のターゲットを勘違いしたんだ」

いくらカイゼルから見せられた唯一の写真がピンぼけのものだったとしても、中国人かそうでないかの区別くらいつきそうなものだ。黒い髪は同じでも、やはり人種的な特徴は違ったというのに。

あとになって、落ち着いてみればなぜ間違ってしまったんだと反省するほど大きな間違い。

「黒いコートの男？」

「あの貿易商が呼んだ殺し屋だって、護衛の男たちが言ってた。樋口から、聞かなかった？」

「いや…。樋口からは諒が遅れてくるとしか連絡を受けていない」

勘違いとわかったことを、わざわざ報告しなくてもいいと判断したのかな？

「どんな男だった？」

「背が高く、細身に見えたけど、実際は…岩城《いわき》みたいな感じかも」

岩城も服を脱いだ時の方が逞《たくま》しい印象がある。

「髪は黒で、瞳も黒。顔立ちはアジア系ではないけど、肌の色は俺たちに近かったな」

日焼けの色とも少し違う。ひょっとしたらアジア系のハーフやクォーターなのかもしれない。

「年齢は三十代後半くらいで色男。…そうそう、」と男が持っていた拳銃を思い出して口にしたところで、カイゼルは諒の前からいなくなった。

「え？　…どうしたんだろ？」

カイゼルを追いかけるようにキッチンからリビングへ移動する。カイゼルはどこかに電話をかけていた。そして英語でもなく、何語か諒にはわからない言葉で誰かと話していたかと思うと、突然電話を切った。

そして、さらにどこかへと電話をかけた。聞き耳を立てているのも失礼かな、と思った時にカイゼルは電話を終え、また別の部屋へ姿を消した。諒はぽつんとリビングに残された。

十分近い時間が流れ、ようやくカイゼルは戻ってきた。

「カイゼル？」

その表情には苦笑に近い笑みが浮かんでいた。

「諒が会ったその男はミコノスの鷹《たか》という異名をもつ、ミコノス島出身の殺し屋で…先ほどエルピディオスが粛正されたのを確認した」

「粛正？　えっ？」

つまり、殺された？

「どういうこと？」

「エルピディオスは組織にとって裏切り者であったということだ」

「…えーと、つまり…チャイニーズマフィアの恨みを買って殺されそうになると同時に、仲間の組織からも断罪されたということか」

二組の殺し屋に命を狙われていた。そして自分を守るために呼んだはずの男に、彼は結局殺された。

「お前がミコノスの鷹をターゲットと勘違いしたのも、ある意味間違いではなかったということだ」

「…そう、言ってもらえたら…嬉しい、けど…」

だけど、結果としてエルピディオスは死んだ。ヤツを守ることが仕事ではなかったわけだけれど……。

「そういえば、仕事料は？　依頼人は死んでしまったけど…」

大丈夫なのか？

「お前が心配する必要はない」

…そう、だろうけど……。

諒はちょっと拗《す》ねたように視線を外した。

「それに、今回の仕事の依頼人は別だ」

「別？」

って、まだなんかカラクリがあるのか？　と思ったけれど、当然のようにカイゼルはその先を説明してくれるわけではない。

「ま、いいけど…」

諒が詳しいことを知る必要はないのだ。カイゼルが殺せと言った相手を殺す。そう自分自身で決めたから。何があっても、カイゼルを信じると…。

「仕事料が無事入るのであれば」

そう呟いて、ちらっとカイゼルの方を見る。するとこちらを見ていた瞳と出会って、諒はどきっとした。

「何か飲むか？」

ドキドキドキ…と心臓がものすごい早さで脈打っている。

「…俺、いつものやつがいい」

なけなしのプライドをかき集め、諒はカイゼルを魅了するための笑顔を作った。

返事を待っている間。カイゼルの反応を見逃すまいと必死に見つめている間もずっと、諒の鼓動はうるさいくらい鳴っていた。

二人の、視線が絡み合う。

すっとカイゼルは立ち上がり、瞳で呼ばれたような気がして諒も続いた。

「お前が欲しいのは、こっちだろう？」

ついと伸ばされた指先が、諒の唇に触れる。瞬時に諒の顔が赤く染まる。

「………」

諒は真っ赤な顔をしている自分が恥ずかしかったが、ぎりぎりのところで踏みとどまるように自分自身を励まし、カイゼルを見つめ返した。

わかっていてからかってくるカイゼルを、軽く睨むようにする。自分のこの想いを遊ばれたくはなかったから。拒絶されたとしても、否定だけはされたくなかったから…必死に視線を逸《そ》らさなかった。

「わかって、いるなら…」

意地悪しないでくれ。諒の瞳はいつしか、けなげな哀願へと変わっていた。

ふっとカイゼルの視線が柔らかく綻《ほころ》びた。

「諒…」

耳から入った優しい声が、頭の中に甘い毒を注ぎ込む。吸いつくように見つめる視線が、眼から魂を貫いていく。

「いつものように、呼んでくれないのか？」

カチリ。そのひと言によって、何かのスイッチが入ったように諒の雰囲気が変化する。

そして、諒は妖しく微笑むとカイゼルの手に自分の手を重ねた。

「佳織《かおる》。…俺の佳織……」

そして自分の方から恋人の身体にしがみつき、甘えるようにバスローブに頬を擦《こす》りつけた。

ふふふっと華やかに微笑み、恋人を下から見上げて誘う。

「ね、しよ？」

諒はパッとカイゼルから離れ、腕に自分の手をかけた。そして、腕引っ張って寝室の方へと歩き出す。

ドアを開けたのは諒の方だったが、そのあと諒の肩を抱いてベッドへ促すようにしたのはカイゼルだった。

「佳織…」

ベッド脇でキスをねだるように、諒は恋人を見上げた。焦《じ》らされたと感じるほどもなく、麗しい顔が接近してくる。

諒は最後まで目を開けていられず、恥ずかしげに睫《まつげ》を揺らして伏せた。そっと重なる、冷たい唇。

諒は腕を伸ばし、カイゼルの身体に抱きつき、口づけを深くした。

貪《むさぼ》るように激しく舌を絡ませ、互いの吐息すら奪うように吸いつく。

じわっとあそこに熱が集まり、身体の奥に火がついたのか熱くなる。客を楽しませ、焦らすテクニックなど恋人には必要ない。

諒は口づけを続けながら、自分の服に手をかけ、脱いでいった。

上半身が裸になったところで、カイゼルの指が諒の肌に触れてきた。ぴくりと背を反らせながら、諒は胸を突き出すようにした。

もっと、触ってとどこを差し出してきたのかカイゼルにはわかっていた。胸の頂に小さく膨らんだ芽を摘《つま》み、指の間で擦るようにする。

「あっ…！」

甘い声が諒の喉から漏れた。

「そこ…もっと…」

この時ばかりは意地悪をされたくなる。優しいだけでは物足りなくなる。引っ張られ、抓《つね》られ、爪《つめ》を立てられる。与えられる痛みと快感の境を彷徨《さまよ》いながら諒は息を荒くした。

「あぁっ…もぉ…」

胸だけでは我慢できなくて、諒は腰を揺らした。そのまま切なさを訴えるように押しつけて、恋人を誘惑する。

「…佳織」

長くて綺麗な指を持つ大きな手に自分の手を重ね、諒は自らの股間《こかん》へと導いていった。

「…んっ」

服の上から柔らかく揉《も》んだあと、諒の力が抜けた隙《すき》にズボンのベルトへと移動する。素早く開いて下へ引っ張ると、諒がそれに協力して腰を動かした。

すとんとそれが下へ落ち、諒は自分で足を抜いた。靴下も自分で脱ぎ捨て、下着もそのまま躊躇なく脱いで生まれたままの姿になった。

「…佳織」

諒はバスローブの紐《ひも》に手をかけ、それを解《ほど》いた。そして大きく胸元を広げ、そのまま抱きついた。

ぞくり、と快感が走る。直接肌と肌が触れ合う感触に、ますます身体が熱く燃え出す。

キスを求めて顔を上げれば、すぐに望んだものが与えられた。唇を重ねたままで諒は足をすくい上げられ、ベッドへと移された。すぐに覆い被さってくるひやりとした身体。

体温の低いカイゼルの身体が、諒の熱によって暖められるまでもう少し時間がかかる。

再びキスから始め、お互いの肌をまさぐり合う。諒にとって手慣れた行為であっても、我を忘れるほどの歓喜は恋人との行為でしか得られない。

「あ…ぁ……ン…っ…」

蕩《とろ》けてくる。蕩けてゆく。男の身体に愛され、内側を貫かれて激しく揺さぶられる快感を知る身体は焦れたようにその先を求める。

「…あ、こっちを……」

直接的な刺激を求め、自らの指で双丘を割るようにしてそこを見せつける。どれだけ自分が恥知らずであるのか知られるこの行為に、諒は身悶《みもだ》えながら裸の心を晒《さら》していた。

「あっ…!」

ひくつくそこにカイゼルの指が触れる。反射的にきゅっと入り口を引き絞った諒の耳元に口づけを落とし、カイゼルは囁《ささや》いた。

「自分で、広げてみるか?」

恥ずかしい行為。カイゼルにして欲しいのに、自分でしろと唆されれば身体が疼《うず》く。されるのもするのも、カイゼルに見られていることには変わりない。諒は頷いて、ゆっくりと体勢を変えた。

わざと男の目に自分の秘められた部分を晒すように大きく足を広げ、自らの指を口に含む。自分の痴態に感じてもらいたくて、誘うような視線を向けた。

怜悧なカイゼルの表情にはさほどの変化はない。だが、その瞳の温度はもう変わっている。視線で人を殺すこともできそうなその瞳の奥で、静かな情欲が確かに燃えている。

こくん、と諒の喉が動いた。自らの指を口の中で湿らせ、唾液《だえき》を絡めた指を中に押し込む。つぷりと奥まで入れ、ゆっくり引き抜く。指を完全に抜いてしまう前に入口周辺を広げるように指を動かす。見せつけるように大きく開いた足が震える。

「あっ、あ…んっ、つ……！」

淫《みだ》らに綻ぶそこをかき回す行為に酔った。

身体はもう、どこもかしこも熱くて、切なくて堪らなかった。カイゼルの冷たく感じられる瞳に、身体の奥が疼いて我慢できない。

「き、来て…欲しい…」

もう大丈夫だから。きっと受け入れられるから。

欲しくて、気が狂いそうだった。もうこれ以上離れていたくなくて必死に瞳で呼ぶ。

「佳織…」

待ちこがれた身体の重みを受け止め、諒はしっかりとその背に腕を回してしがみついた。

下肢は受け入れやすいように開き、少し持ち上げる。

「あっ！」

指が、綻び具合を確かめるように差し込まれた。

「あぁっ！」

すっと周囲を撫でて抜いたあと、それは二本に増えて入ってきた。諒が歓喜の声を上げて応えれば、それは奥まで進んで中の濡《ぬ》れ具合を確認するように動いた。

身悶えて、諒は腰を揺すった。

もっと、もっとと叫んでいたのは身体だけでなく、もしかしたら言葉にしていたかもしれない。

ずるりと指が引き抜かれ、いよいよかと期待が高まる。しかし、カイゼルはふっと耳元で笑って意地悪く囁いた。

「自分で動くか？ その方がコントロールしやすいだろう？」

躊躇うことなく諒は頷いた。いますぐ欲しくて堪らない。一度達《い》っただけでは収まりがつきそうもないから、自分で好きなだけカイゼルを貪ることができるなら上に乗る方が楽だ。

身体を入れ替え、諒はカイゼルの腰を自ら跨《また》いだ。そしてカイゼルのそこがすでに準備が整っていることを確認し、数回軽く擦って角度を手の中で確かめたあと、狙いをつけるように息を止めた。

ゆっくりと腰を下ろしていく。ぐっと入り口を押すような反動を受け、じわりと中がまた濡れたように感じた。

ごくりとまた喉が鳴る。諒は慎重に体重をかけた。

ぐぐ…っと入り口が強く押される。じわ…とまた奥が疼く。一気にこのまま腰を落としてしまいたい欲求と戦いながら、諒は自分の身体を拓《ひら》いていく瞬間を少しでも長く感じようと徐々に体重を移動させた。

「あっ、あ…あ……！」

最も太い部分を呑み込んで、入り口が大きく開いた瞬間…嬌声《きょうせい》を堪《こら》えることができなかった。そのままゆっくり食《は》むようにして、なおも残された部分を呑み込んでいく。

歓喜の瞬間を引き延ばした分だけ、すべてを納め切った時の悦《よろこ》びは深く、嬌声を上げることもできなかった。

身を震わせ、魂の無言の叫びを身体で感じる。

「…ぁ……」

無意識に身体が前に傾いていたらしく、諒は恋人の手に腰を支えられてハッとした。

「…佳織……」

諒は嫣然《えんぜん》と微笑んだ。

「気持ちよさそうだな」

からかわれたわけじゃないと諒は感じた。ただ、真実を言い当てられただけ。

「ん…。気持ち、いい…」

ゆさっと諒は腰を揺らめかせた。そうすると、もうじっとしていることなどできなくなった。自分のいいところに当たるように、腰を回したり突いたりを繰り返した。

ぐじゅりと濡れた音がするたび、恥ずかしさと喜悦が身体を交互に支配する。

「い…いっ……！」

支えとして差し出された手に自分の手を重ね、指をしっかり絡める。そうして安定感を得た諒は、ますます激しく腰を上下に揺らし、捏《こ》ねるように回した。

グジュグジュッと濡れた音が結合部から聞こえてくる。荒い呼吸に胸を喘がせながら、諒は自分が感じていることを隠さなかった。

「もっと……あ……んっ……いいっ！」

繋がったところからひとつに溶けていくような気がした。硬く熱いものが身体の奥深くに到達し、そこから何かが生まれていく。

諒は大きく息を吐き、身体の内にカイゼルをしっかり咥えたまま、荒れ狂う情欲に酔った。

腰の動きを止めたまま、湿った襞の蠕動《ぜんどう》に喘いでいると、誘われたと思ったのか、カイゼルが下から激しく突き上げてきた。

諒は嬌声を上げ、顎《あご》を上げた瞬間に頬を伝い落ちた汗がカイゼルの肌に落ちたのを感じた。

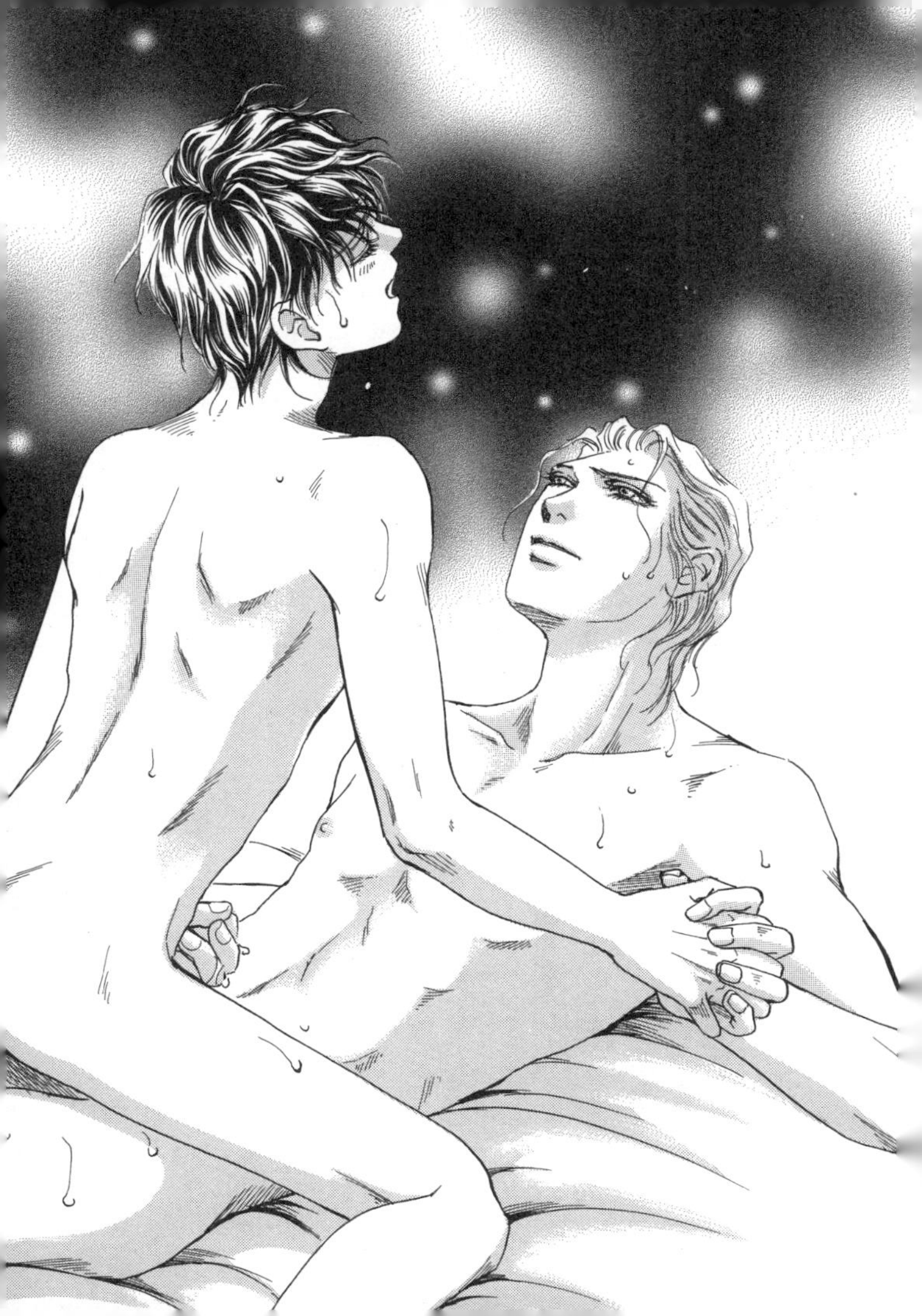

「…ぁ」

ずくん、とそこが疼く。ひときわきつく中を絞り込んで…カイゼルの形を感じる。

熱く色づいた吐息が寝室をねっとりと包み込み、汗の匂いとそれぞれの匂いが体温に燻《くゆ》る。

「濡、らして…中……中で…！」

熱い飛沫《しぶき》を感じたくて、諒は甘い声でねだった。

「…中…そこ、に……っ！」

達って欲しい。そして、思い切りかけて欲しい。

カイゼルのもので形を変えられたそこで…感じたい。熱い滴りを。

犯されたい。そんなふうに強く願う。ともに刹那《せつな》の死と生を感じて欲しい。

「あっ、あっ…！　あぁっ…！」

脳髄を駆け上がる甘い戦慄《せんりつ》。強烈な快感に諒はひときわ艶やかな嬌声を上げた。

匂い立つように、諒の肌は淡い紅色に染まってどこもかしこも美味しそうに変化していた。

「あっ、あッ…！」

情欲に煙る眼でカイゼルの瞳を捕らえると、諒はそのまま激しく腰を動かしていった。

短く上がる嬌声に呼応して、腰の動きも速くなる。そり立った諒の砲身からはとろりと雫《しずく》が伝い落ち始め、それが弾ける瞬間まであといくらもなかった。

「だ、だめ——ッ！」

もう我慢の限界だと訴えて、諒は切なげな声を放った。ぱっと諒の牡《おす》の匂いが散り、熱い身体がカイゼルの上に落ちる。

「…く…ぅ…！　ン…！」

達った直後の敏感な場所で、諒はカイゼルの硬さを感じた。一人だけ先に達ってしまったのだということがわかっても、手足が痺れたようになっていて動けない。

あと少しだ、といわんばかりにカイゼルに身体を揺さぶられても諒はくふんくふんと甘い声を上げていることしかできない。

体勢を入れ替え、カイゼルが諒を組み敷いた。高く上げさせた諒の後孔をカイゼルは一気に貫く。諒は音にならぬ嬌声を上げ、カイゼルを見つめた。

「佳織…」

ブルーグレイの瞳に、快感に蕩けた自分の顔が映っている。それは口づけとともに消えたが、繋がった場所には新たな波が生まれていた。

官能に誘う口づけを解き、カイゼルが諒の快《い》いところを突く。

「あっ、あ…ンっ…！」

慎みを忘れたような諒のそこは、どんなに激しく突かれても怯悦に浸り戦慄《わなな》くばかりだった。

「ぁ、いく…っ、また…ぁ……！」

さっき達ったばかりなのに、もう身体は限界ぎりぎりまで追いつめられている。

「ぁ…佳織……もう…ぁ………！」

甘い声で泣いているのが自分の声だということもわからないくらい、諒の頭の中は真っ白になっていた。

「ああ…っん……んっ、んぁ…あ……！」

達った瞬間、諒は綺麗な鳥の鳴き声を聞いた気がした。

＊

「いらっしゃいませ」

蔡に連れられ、偶然カイゼルとも出会ったカフェに諒は時々足を運ぶようになった。

「お席はこちらでよろしいでしょうか？」

案内してくれる男は、諒がここへ来るようになって三度目から…他の客にするよりも親しみを込めた微笑みを向けてくれるようになった。

「ありがとう。…嬉しいです」

だって、ここは思い出の場所。蔡とカイゼル、二人と一緒にお茶を楽しんだ場所。

諒にとってこのテーブルが、どれほど意味のある場所なのかわかっている…というように、空いているときは必ずここへ案内してくれる。

その心遣いが嬉しくて、諒もとっておきの微笑みを返す。

ごゆっくりどうぞというように会釈して、男はテーブルを離れた。

「………」

静かに、紅茶を飲んで。あの日と同じチョコレートケーキを注文しても、テーブルにいるのは諒一人。

蔡の姿も、カイゼルの姿もここにはない。

だけど……。

諒は待ち望んだ唄声に顔を綻ばせ、目を閉じた。

姿は見えないけれど、あの日と同じように…鳥の鳴く声が聞こえる。どこかもの悲しいと感じるのは、今はもう心の中にしかいない蔡を偲《しの》んでいるから。

諒は暖かな日差しを頬に感じながら、鳥の美しい鳴き声にじっと耳を傾けた。

あとがき

大変恐ろしいことに、前作『夜は知っている』のあとがきに二〇〇〇年五月と書いてあります。いいんでしょうか？　この本が出る予定は二〇〇七年一月末とうかがっています（夢ではないですよね？　ちゃんと発行案内にも載っていたし…）。

こんなにブランクがあるのに文庫本を発行していただけるなんて…と心から感謝しています。あぁ、でも…本当にいいのでしょうか。ひと月ほど本屋に行くのが怖いです。

かなり久しぶりということで難産しましたが、『夜は知っている』発行の後、いただいた問い合わせ（宿題）に、今回答えることができたのではないかとホッとしています。よろしければ前作も手元に用意して、時間旅行を楽しんでいただけると嬉しいです。

…もちろん、初めましての方もどうぞよろしくお願いします。一話完結なので（多分）どこから読んでも大丈夫だと思います。そもそも、発行順に作品中の時間が流れているわけではありませんし。

お礼を申し上げるのが遅くなりましたが、今回もイラストを安曇もかさんにお世話になることができました。本当にありがとうございます。

7年ぶりということでサイトアドレスのお知らせを新たに載せておきます（さすがに、変わっています）。

http://www.yaduki.com/　＊オリジナルドメインを取得していますので、これから変わることはおそらくないと思います。

商業誌情報の他、たまに日記を書いたり（笑）趣味のことについても載せています。よかったら遊びに来てくださいね♪

それではまたいつか、どこかでお目にかかれますその時まで…。

二〇〇六年十二月　残りわずかな寒い日に

◆初出一覧◆

夜の子守唄（シャレード2006年3月号）
小夜鳴鳥（書き下ろし）

CHARADE BUNKO

夜《よる》の子守唄《こもりうた》

［著　者］　夜月桔梗《やづききよう》
［発行所］　株式会社　二見書房
東京都千代田区神田神保町1－5－10
電話　03（3219）2311［営業］
03（3219）2316［編集］
振替　00170－4－2639
［印　刷］　株式会社堀内印刷所
［製　本］　ナショナル製本協同組合

落丁・乱丁本はお取り替えいたします。
定価は、カバーに表示してあります。

ISBN978－4－576－07005－6
http://charade.futami.co.jp/

Charade新人小説賞原稿募集！

短編部門
400字詰原稿用紙換算
100〜120枚

長編部門
400字詰原稿用紙換算
200〜220枚

募集作品 男の子同士、男性同士の恋愛をテーマにした読み切り作品

応募資格 商業誌デビューされていない方

締　切 毎年3月末日、9月末日の2回　必着（末日が土日祝日の場合はその前の平日。必着日以降の到着分は次回へ回されます）

審査結果発表 Charade9月号（7/29発売）、3月号（1/29発売）誌上
審査結果掲載号の発売日前後、応募者全員に寸評を送付

応募規定 ・400字程度のあらすじと応募用紙※1（原稿の1枚目にクリップなどでとめる）を添付してください　・書式は縦書きで1ページあたり20字×20行か20字×40行　・原稿にはノンブルを打ってください　・受付作業の都合上、一作品につき一つの封筒でご応募ください（原稿の返却はいたしませんのであらかじめコピーを取っておいてください）

受付できない作品 ・編集部が依頼した場合を除く手直し再投稿　・規定外のページ数　・未完作品（シリーズもの等）・他誌との二重投稿作品　・商業誌で発表済みのもの

そのほか 優秀作※2はCharade、シャレード文庫にて掲載、出版する場合があります。その際は小社規定の原稿料、もしくは印税をお支払いします。

※1 応募用紙はCharade本誌（奇数月29日発売）についているものを使用してください。どうしても入手できない場合はお問い合わせください ※2 各賞については本誌をご覧ください

応募はこちらまで　？お問い合わせ 03-3219-2316

〒101-8405 東京都千代田区神田神保町1-5-10
二見書房 シャレード編集部　新人小説賞（短編・長編）部門 係